Vanessa Walder
Der Zauberfluch des Elfenkönigs

Vanessa Walder

Der Zauberfluch des Elfenkönigs

Mit Illustrationen von Almud Kunert

Loewe

FSC
Mix
Produktgruppe aus vorbildlich
bewirtschafteten Wäldern und
anderen kontrollierten Herkünften

Zert.-Nr. SGS-COC-001940
www.fsc.org

ISBN 978-3-7855-5984-0
3. Auflage 2010

Umschlag- und Innenillustration: Almud Kunert
Umschlaggestaltung: Christian Keller
Printed in Germany (007)

www.loewe-verlag.de

Inhalt

Entführung in der Nacht

Es war heiß in der Stadt. Nicht einfach nur heiß, sondern drückend, brütend, schwelend, höllisch, glühend, brennend heiß. Seit vierunddreißig Tagen hatte es nicht mehr geregnet. Keine einzige kleine weiße Wolke hatte sich am Himmel blicken lassen. Der Himmel selbst war wie ausgebleicht. Auch nachts wurde es kaum kühler. Es war, als würde der Mond die Sonne bei der Arbeit vertreten.

Groß und rund blickte er auf die Häuser. Beinahe jedes Fenster war weit aufgerissen, um wenigstens einen kleinen Luftzug einzuladen. Vergeblich, denn nichts regte sich in dieser Nacht. Nur die Menschen, die sich in ihren Betten wälzten.

Im Kinderzimmer des achten Stocks eines Mietshauses drehte sich ein Mädchen von einer Seite auf die andere. Es war nicht zugedeckt, hatte aber ein langes dunkelblaues Nachthemd an. Wenn die großen Augen des Mädchens offen standen, hatten sie die gleiche Farbe. Aber

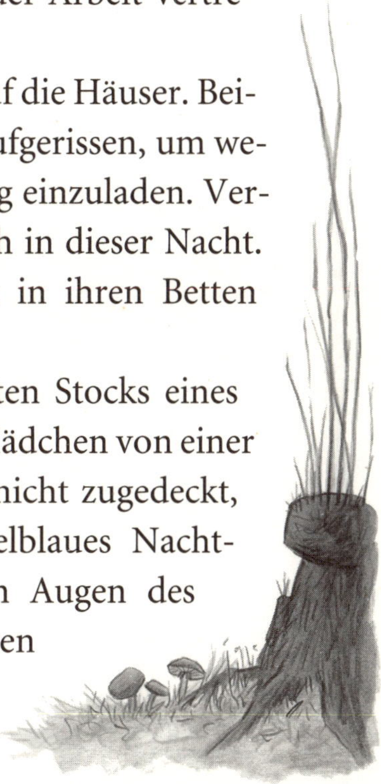

jetzt waren sie ganz fest zusammengekniffen. Auf der gerunzelten Stirn standen Schweißperlen und das schwarze Haar klebte ihm am Kopf. Auch die Hände des Mädchens waren schweißnass. Sie zuckten, hoben sich kurz und ballten sich dann zu Fäusten. Ariane träumte.

Bis zur Schlafenszeit hatte sie sich mit Erik gestritten. Nun ging der Streit im Traum weiter. Nur, dass darin die Rollen vertauscht waren: Ariane überragte Erik um 15 Zentimeter und war ein Jahr älter. Erik war hier erst zehn und klein und niemand war auf seiner Seite. Hier kam auch nicht Arianes Mutter, um ihnen zu sagen, dass sie sich vertragen sollten. Als ob das bisher etwas gebracht hätte!

Erik hörte niemandem zu. Vielleicht liebte er deshalb seine Insekten- und Spinnenwesen. Weil die nicht reden konnten. Ständig hatte er Einmachgläser voll Ungeziefer in seinem Zimmer herumstehen. Und sein Vater schüttelte höchstens den Kopf darüber. Er schimpfte nie. Er hatte Erik noch nicht mal bestraft, als der Arianes Märchenbücher versteckt hatte. Natürlich wollte er sie nicht lesen. Er wollte Ariane nur ärgern.

Fast alle ihre Spielsachen waren schon einmal in Eriks Gefangenschaft geraten. Er lachte sich kaputt, wenn er sah, wie sie die ganze Wohnung danach absuchte. Meistens war Doktor Wurm das Opfer. Das große Stofftier mit den vierzehn Beinen auf jeder Seite seines Körpers und der runden Brille ohne Gläser verdankte seinen Doktortitel den vielen Malen, die er Ariane gesund gemacht hatte. Immer, wenn sie eine Erkältung hatte oder Bauchweh oder Kopfweh, dann kümmerte sich Doktor Wurm um sie. Er war ein Genie. Nie hatte er versagt. Nur Erik aus dem Weg zu gehen, das schien er sich einfach nicht merken zu können.

Darum war es Ariane in den letzten Nächten noch schwerer gefallen, einzuschlafen. Sie war es gewohnt, sich an den Tausendfüßler zu kuscheln. Aber wieder einmal war der Platz neben ihr leer.

Ärgerlich grunzte Ariane und rieb sich die Nase. Als sie den Kopf wieder ins Kissen grub, bauschten sich endlich die dünnen weißen Vorhänge vor den Fenstern. Ein kühler Luftzug wehte bis zum Bett. Und dann noch einer und noch einer.

Das Gesicht des Mädchens entspannte sich. Es seufzte zufrieden und tauchte in einen anderen Traum ein. Die Vorhänge wehten jetzt in sanften, regelmäßigen Böen. Der Stoff verrutschte und gab den Blick auf den Nachthimmel frei. Aber, merkwürdig, der Mond und die Sterne waren verschwunden.

Ariane bemerkte es nicht. Sie schlief fest und träumte von einem See unter grünen Weiden. Der See war tief und kalt und sein Wasser war schwarz wie der Himmel vor ihrem Kinderzimmerfenster. Ein kleines Lächeln huschte über ihr Gesicht.

Hätte Ariane gewusst, was den Wind verursachte, sie hätte nicht gelächelt. Sie hätte den Mund weit aufgerissen und geschrien. Sie wäre aus dem Bett gesprungen und ins Schlafzimmer ihrer Eltern gelaufen. Aber sie wusste es nicht. Sie sah nicht das große gelbe Auge, das sich wie ein zweiter Mond vor ihr Fenster schob und zwischen den Vorhängen hindurchspähte. Als zwei Klauen mit langen gebogenen Krallen sich auf das Fensterbrett des Kinderzimmers legten, schwamm Ariane glücklich im See.

Sie wunderte sich nicht, dass

ihr Bett auf einmal schwankte. Immerhin kräuselten kleine Wellen die Oberfläche des Wassers. Aber für das kratzende Geräusch fand sie keine Erklärung. Sie drehte im Traum den Kopf und glaubte, am Ufer eine Bewegung zu erkennen. Hatte sich Erik in ihren Traum eingeschlichen? Würde ihm ganz ähnlich sehen! Wahrscheinlich wollte er ins Wasser pinkeln, das Ferkel.

Erst als das Fußende ihres Bettes gegen die Heizung unter dem Fenster stieß, wachte Ariane auf. Benommen blinzelte sie und setzte sich auf.

Sie griff nach dem Vorhang, der ihr ins Gesicht wehte. Die Gardinen reichten doch nicht bis an ihr Bett. Das stand nämlich normalerweise auf der anderen Seite des Zimmers zwischen den beiden Bücherregalen.

Aber bevor Ariane die Situation begreifen, bevor sie nach ihrer Mutter rufen oder aus dem Bett springen konnte, fuhren zwei gewaltige Klauen auf sie zu. Die eine hielt ein großes Stoffknäuel. In ihrer Verwirrung fragte sich Ariane, ob sie es wohl nehmen sollte. Sie hatte gerade noch Zeit zu bemerken, dass das Stoffknäuel eine Art Sack war. Da wurde er auch schon

über ihren Kopf gestülpt und an ihrem Oberkörper heruntergezogen. Mit der gleichen schnellen Bewegung wurde der Sack hochgehoben und Richtung Fenster gezerrt.

Noch etwas anderes wurde in den Sack gestopft, etwas Weiches. Es musste das Kopfkissen sein. Die Klaue drückte es hinunter, bis es sich fest gegen Arianes Gesicht presste. Bequemer wurde es dadurch nicht.

„Hmmiiee!“, kreischte Ariane. Aber das Kissen schluckte ihren Hilferuf.

„Nicht schreien“, sagte die tiefste Stimme, die Ariane je gehört hatte. Sie klang, als würde ein Riese in einer Höhle voller Echos brüllen. „Ich werd dich nicht fressen. Das hab ich versprochen.“ Jetzt schwankte es wieder. Viel stärker als zuvor. Es fühlte sich an … als würde sie abheben! „Nicht mal ein kleines Fingerchen darf ich abbeißen tun, nein-nein.“

Ariane brüllte in ihr Kissen.

„Hast du nicht gehört?“, fragte die Stimme ganz nah an ihrem Sack. „Ich hab gesagt, ich werd dich NICHT fressen.“ Und nach einer kleinen Pause: „Oh, hab ich ganz vergessen – können Menschen hören? Habt ihr Ohren? Kannst du mich verstehen?“

Ariane schluchzte. Was war das für ein Wesen? Und wo blieb ihre Mama? Die hatte Ohren! Sie musste die Stimme doch hören. Warum rettete sie keiner vor diesem … diesem …? Diese Kreatur war kein Mensch. Sie *fraß* Menschen!

Verzweifelt trat und boxte Ariane gegen den Sack und schluchzte und schrie in ihr Kissen, bis sie kaum noch Luft bekam und husten musste.

Da war es plötzlich, als tauchte ihr Verstand in den schwarzen See unter den Weiden. Er wurde kühl und ruhig. Die Gedanken wurden langsamer und ließen sich voneinander trennen. Die Panik floss aus ihr heraus. Logik übernahm das Kommando.

Ihre Mama kam nicht, weil Ariane nicht mehr in ihrem Zimmer war. Das Wesen hatte sie hinterrücks aus ihrem Bett entführt. Und da sie im achten Stock wohnte, konnte das Wesen offenbar fliegen. Nun spürte sie auch die kalte Luft durch den groben Stoff und vernahm dieses Geräusch – wie Meeresrauschen. Wie gewaltige Schwingen, die den Nachthimmel teilten. Sie konnte es sogar fühlen. Ein leichtes, aber stetiges Auf und Ab. Sie flog wirklich!

Meine Güte, ich bin von einer Riesentaube entführt worden, dachte Ariane.

Nein, keine Taube. Tauben hatten keine Klauen.

Und Menschen fraßen sie auch nicht, egal wie riesig sie waren. Das Wesen konnte sprechen, auch das konnten Tauben nicht. Was war zu tun? Schreien hatte keinen Sinn. Boxen und treten ebenfalls nicht. Selbst wenn sie es schaffte, aus dem Sack zu entkommen, würde sie viele Meter tief vom Himmel fallen. Also lautete der vernünftigste Plan: Abwarten.

Ariane zwang sich, ruhig in das Kissen zu atmen. Es war ein Abenteuer. Erik würde Augen machen, wenn sie ihm davon erzählte! Und in der Zwischenzeit? Würde es ihm leidtun, wie gemein er zu ihr gewesen war? Würde er für den Rest seines Lebens Buße tun?

Ariane schnaubte in ihrem Sack. Von wegen! Er würde ihr Zimmer als Lager für seine Insekten benutzen und ihre Puppen in die hinterste Ecke feuern. Sicherlich würde er sich freuen, dass ein gefährliches Wesen Ariane entführt hatte.

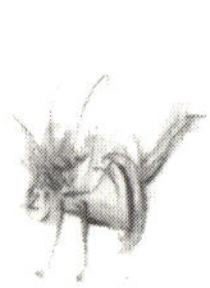

Moment! Woher sollte denn irgendjemand wissen, dass sie entführt worden war? Niemand war in die Wohnung eingebrochen. Das Fenster stand offen, aber wie sollte jemand in den achten Stock gelangen? Alle würden denken, sie wäre fortgelaufen. Wahrscheinlich würden sie nach ihr suchen, aber an den falschen Orten.

Ihre arme Mama! Sie würde sich fragen, was sie falsch gemacht hatte, dass ihre zehnjährige Tochter von zu Hause ausriss und nichts mitnahm als ihr Kopfkissen. Jetzt fing Ariane an zu weinen. Nicht aus Angst, sondern aus Mitleid mit ihrer Mama. Wie konnte dieses Wesen ihr nur etwas so Grausames antun?

Auf einmal wurde es kalt. Es wurde so kalt, wie es im Sommer nicht werden konnte. Flogen sie nun so hoch? Nur ihr Kopf war warm, weil er durch das Kissen geschützt war.

Toll, dachte sie. *Kühle Füße und ein warmer Kopf. Umgekehrt wär's mir lieber.*

Sie spürte, dass die Schwingen jetzt stillstanden. Sie glitten durch die Luft. Dann ein Ruck, schwächer als erwartet. Sie waren gelandet. Jetzt konnte sie gedämpft schwere Schritte hören. Schritte wie auf … lockerer Erde? Nein. Es fiel ihr nicht gleich ein, weil doch eigentlich Juli war. Aber es klang nach Schritten im Schnee. Was ging hier vor?

Plötzlich fiel der Sack auf den Boden und Ariane schrie vor Schmerz auf.

„Au! Verdammter blöder Baum, du!", dröhnte die Stimme ihres Entführers. „Das hast du absichtlich

gemacht." Der Sack wurde wieder hochgehoben. „Huhu, Menschlein! Lebst du noch?"

Ariane schwieg. Würde er seine Beute einfach liegen lassen, wenn er dachte, dass sie tot sei?

„Hab ich dich kaputt gemacht?", fuhr die Stimme fort. Jetzt klang sie besorgt. „So 'n Mist! Dabei hätt ich dich doch lebendig abliefern sollen, haben die extra gesagt. Dass Menschen aber auch so empfindlich sind. Die werden alle mir die Schuld geben." Der Sack wurde geschüttelt und Ariane kreischte. „Hey, da bist du ja wieder. Hehe. Bist ja doch nicht so empfindlich. Sehr schön, sehr schön. Hast mir einen Schreck eingejagt."

Ariane konnte die Schritte wieder hören. „Ich seh vielleicht nicht so aus, aber ich bin *äußerst* empfindlich. Sind wir alle. Hehe. Ich erzähl dir das nur, weil du eh keine Ohren nicht haben tust. Schön, wir sind groß. Und unsere Haut ist dick und gepanzert. Aber wir haben trotzdem Gefühle, jaja, die haben wir. Ganz empfindsame Wesen sind wir, wir Drachen."

Ariane riss die Augen auf. Dann hörte sie einen Knall und sie landete wieder auf dem Boden.

„Noch so ’n Baum“, sagte die Stimme. „Gibt’s denn in diesem verflixten Wald nix anderes nicht als Bäume? Von wegen Zauberwald …“

In dem Moment hörte Ariane noch etwas anderes. Es klang fast wie ein leises, feines Stimmchen, aber sicher war sie sich nicht. Vielleicht war es auch nur das Piepsen eines Tieres. Aber irgendetwas war da. Ariane holte tief Luft und fing an zu schreien.

Nicht stören – Winterruhe!

Sauerei!“, donnerte Samuel. Er schluckte den Regenwurmkopf, an dem er gerade genagt hatte, und kämpfte sich aus dem Bett. Fluchend zog er seinen Morgenmantel und die Hausschuhe an und stapfte zur Falltür.

„Nie hat man seine Ruhe.“ Samuel stieß die runde Holztür in der Decke auf und grunzte ärgerlich, als dicke Schneeflocken auf seinen Kopf fielen. Mühsam zog er sich an den Sprossen der kleinen Trittleiter hoch. Dann schob er seinen pelzigen Körper aus dem unterirdischen Bau an die Oberfläche.

„Also“, stieß er mit zitternden Barthaaren hervor und blinzelte in die Dunkelheit. „Was ist hier los?“

Dann lauschte er den Geräuschen des nächtlichen Winterwaldes. Wie die meisten Maulwürfe war Samuel fast blind, aber sein Gehör war ausgezeichnet. Ganz in der Nähe atmete etwas. Etwas Großes.

„Wer ist da?“, rief Samuel wieder. „Wer stört meinen Winterschlaf?“

Jetzt hörte er gedämpftes Keuchen.

„Du kannst dich genauso gut melden“, sagte Samuel. „Ich weiß, dass du da bist.“

Das große Etwas nieste und eine Flamme schoss durch die Nacht. Daraufhin fing ein Baum an zu brennen. Den Feuerschein konnte sogar der Maulwurf erkennen. Er unterdrückte ein Stöhnen.

„Hallo, Obligo“, sagte er.

„Äh. Hehe. Nein, nein. Ich bin’s nicht.“

Samuel verdrehte die Augen. Drachen waren groß und stark, durch ihren Schuppenpanzer praktisch unverwundbar, konnten fliegen und Feuer speien, aber besonders helle waren sie nicht. „Was treibst du hier?“, fragte der Maulwurf schroff. „Hast du geschäftlich zu tun?“

„Nein, nein, gar nicht“, erwiderte der Drache betont beiläufig.

Wieder hörte Samuel die gedämpften Geräusche eines anderen Wesens. Im Schein des Feuers glaubte er, etwas wie einen Sack zu sehen, der über der Schulter des Drachen hing.

„Sag, Obligo.“ Samuel stellte sich auf die Zehenspitzen. „Was hast du denn da in dem Sack?“

„Welchem Sack? Hehe. Ich hab gar keinen Sack nicht. Weiß nicht mal, was du meinst.“ Er ließ seine Beute hinterm Rücken zu Boden gleiten.

„Der Sack, den du nicht hast, macht komische

Laute. Anständige Leute schlafen um diese Jahreszeit. Dein Sack stört uns dabei. Ganz zu schweigen von deinem Getrampel, du Elefant."

„Elefant!" Der Drache schnaubte. „Die gibt's doch nur im Märchen."

„Was ist in deinem Sack und warum ist er so laut?"

„Mein Sack ist ganz leise", erwiderte der Drache. „Der tut gar keinen Mucks nich machen."

„Ich dachte, du hättest keinen Sack."

„Upsi."

Jetzt hörte Samuel ganz deutlich, dass Obligos Beute versuchte, sich bemerkbar zu machen. Das Wesen darin musste verzweifelt sein. Soweit der Maulwurf wusste, fraßen Drachen alles, was ihnen vor die Schnauze kam. Aber sie schleppten ihr Futter nicht als lebenden Proviant mit sich herum. Sie waren eben nicht so clever wie Maulwürfe. Samuel dachte sehnsüchtig an die Schale mit matschigen Regenwurmköpfen und knusprigen Käferbeinchen, die auf seinem Nachtkästchen auf ihn wartete.

„Also gut, Obligo." Der Maulwurf seufzte. „Machen wir es kurz, meine Pfoten sind schon festgefroren –"

„Soll ich sie wärmen?", bot der Drache an.

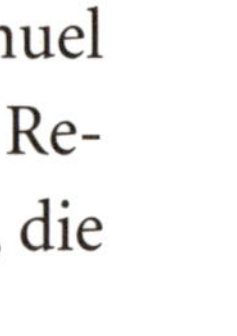

„Nein! Hast du sie noch alle? Ich bin doch kein Würstchen im Schlafrock, sondern ein Maulwurf im … äh … Morgenmantel.“ Samuel räusperte sich. „Hast du vor, noch länger durch den Wald zu trampeln? Ich möchte jetzt gerne weiterschlafen und jeder deiner Schritte ist wie ein Erdbeben.“

„’tschuldigung“, nuschelte der Drache. „Ich werd auf Zehenspitzen trippeln, ganz leise. Wie eine kleine Fee. Pssst.“

„Warum läufst du überhaupt durch die Gegend? Warum fliegst du nicht?“

„Es schneit.“

„Na und?“

„Schlechte Sicht.“

„Befürchtest du, einen Vogel umzufliegen?“, keifte Samuel. „Am Boden läufst du gegen jeden zweiten Baum. Und ich kann kein Auge zumachen. Also flieg gefälligst zu deiner Höhle.“

„Und wenn ich sie von da oben runterfallen lasse? Dann ist sie in echt kaputt und dann ist der Plan kaputt, und dann sind alle sauer auf mich.“

Samuels Barthaare kräuselten sich. Hatte er es nicht geahnt? Hier ging etwas vor sich. Was auch immer in dem Sack war, der Drache durfte es nicht fressen, er sollte es irgendwo hinbringen und er

musste gut darauf aufpassen. Es war etwas Kostbares. Es? Nein, *sie*.

„Bestimmt wird dir keiner böse sein“, versicherte Samuel dem Drachen. Seine Stimme war jetzt so samtweich wie sein Fell. Mit ausgestreckten Pfoten tapste er dahin, wo er Obligo vermutete. Nach wenigen Schritten stolperte der Maulwurf gegen eine riesenhafte Zehe und tätschelte sie.

„Du bist doch ein vorsichtiger Drache und wirst sie sicher nicht verletzen. Wirst schon sehen. Sorg nur dafür, dass *sie* leise ist, ja?“

„Leicht gesagt. Immer muss ich mich um alles kümmern“, maulte Obligo. *„Lass dich nicht sehen, Obligo!“*, äffte er eine hellere Stimme nach. *„Zerdrück sie nicht. Hauch sie bloß nicht an, lass sie nicht fallen, pass auf, dass sie nirgendwo dagegenknallt.“* Er blies eine Rauchwolke aus einem Nasenloch. „Warum muss ich immer alles machen?“

„Hast recht“, stimmte Samuel zu. Er konnte seine Aufregung kaum verbergen. „Immer du. Warum konnte keiner der anderen *sie* holen?“

„Pfft!“ Obligo pustete eine Flamme in den Nachthimmel. „Weil sie in einem Steinbaum wohnt, ganz oben drin“, sagte er. „Hehe. Da musste schon fliegen können. Und kräftig genug sein, um sie zu tragen. Jaja."

„Steinbaum?"

„Die Dinger, wo die Menschen drinne sein tun."

„*Menschen?*", keuchte Samuel. „Du hast einen *Mensch* in dem Sack?"

Der Drache schlug sich eine Pranke vors Maul. „Upsi."

Der Sack gab erneut Laute von sich. Er verlangte wohl nach Hilfe.

„Ein Mädchen?", riet der Maulwurf.

Der Drache trat einen Schritt zurück und Samuel, der noch an der Zehe gelehnt hatte, plumpste in den Schnee.

„Hey, warte mal!", rief der Maulwurf, während er sich aufrappelte. „Was ist das denn für eine Geschichte? Du hast ein Mädchen geraubt, gib's zu!"

„Nein, hab ich gar nicht!", rief der Drache. Die Geräusche aus dem Sack wurden immer lauter, aber jetzt kamen sie von weit oben. Offenbar hatte Obligo seine Beute wieder über die Schulter geworfen.

„Eine Geschichte", flüsterte Samuel ehrfürchtig.

„Das ist keine Geschichte!", brüllte der Drache wütend. „Lass bloß die Finger von meinem Menschen, Ratte!"

„Maulwurf“, murmelte Samuel automatisch.

„Fressen ist Fressen“, dröhnte der Drache.

„Das wagst du nicht.“ Aber Samuel krabbelte Schritt um Schritt zurück.

„Ach nein?“ Der Drache holte tief Luft. „Es braucht ja keiner nich zu erfahren. Ein Eichhörnchen mehr oder weniger.“

„Maulwurf.“ Samuel tastete nach dem Loch, das in seinen Bau führte. Er musste je-

den Moment dort sein. „Mach keinen Fehler, Obligo! Du solltest nur das Mädchen holen, kein angesehenes Waldtier fressen."

„Ein kleines Häppchen zwischendurch … niemand wird es wissen."

„Das Mädchen wird es wissen!", rief Samuel. „Es kann mich hören."

„Ach, können Menschen hören?", fragte Obligo überrascht.

„Sie haben die besten Ohren von allen Lebewesen überhaupt!", brüllte der Maulwurf, obwohl er noch nie einem Menschen begegnet war.

Obligo schien nachzudenken. Auch der Sack war still. Samuel tastete nach dem Loch.

„Was soll's?", sagte Obligo. Er stieß eine Feuersäule aus.

Im selben Moment tappte Samuels linke Pfote ins Leere. Er kippte um und fiel mit dem Hintern voran in seinen Bau. Die Flammen schossen dicht über ihn hinweg und kräuselten die Enden seiner Barthaare. Erschrocken blieb der Maulwurf liegen und rührte sich nicht.

„Huhu!", rief Obligo. „Sami? Hallo? Hab ich dich erwischt?" Der Bau erzitterte, als der Drache ein paar Schritte machte. „Ich seh dich nicht, also hab ich dich wohl aus Versehen gegrillt. Hm." Samuel zweifelte an seinem Gehör: Der Drache schluchzte laut auf. „Armer Kerl", schniefte Obligo. „Warst ein prima Zuhörer und so. War immer nett, dich zu treffen. Tja. Ich frag mich, wie du wohl geschmeckt hättest. Hatte noch nie nich ein Meerschweinchen gefuttert."

„Maulwurf", hauchte Samuel.

„Tja, so 'n trauriges Ende aber auch", sagte Obligo.

Dann hörte Samuel, wie der Drache seine ledrigen Flügel ausbreitete, und kalte Windböen fuhren in den Maulwurfsbau. Auch Samuel rappelte sich auf und krabbelte die Leiter hinauf zum Eingang. Er schlug die Tür zu und verriegelte sie.

„Von wegen Ende", sagte er mit grimmigem Lächeln. „Soll mich doch ein Regenwurm beißen, wenn das kein Anfang ist. Der Anfang einer Geschichte. Ha!"

Z.V.I.T.H.

Was meinst du, was es ist?“, fragte Theodor. Er hoppelte hinter seinem Freund über den umgekippten Baumstamm, der die beiden Ufer des Flusses miteinander verband. Er musste laut reden, denn im Frühling war das Murmeln des Wassers zu einem Rauschen geworden. Manchmal war es schon nervig, wie schnell die Jahreszeiten im Zauberwald einander ablösten. Gestern hatten sie noch im Schnee gespielt.

„Vielleicht ist es ein geheimer Schatz?“, vermutete der Hase. „Irgendwas mit Gold und Edelsteinen?“

„Naaah.“ Knaster rümpfte die Nase. „Muss was anderes sein. Das ist das erste Mal, dass alle Zauberwesen sich zusammentun. Ich hab noch nie gesehen, dass ein Drache mit einem Riesen redet. Oder ein Einhorn freundlich zu einem Greif ist. Da ist irgendwas im Busch, sag ich dir. Sogar meine Koboldverwandten sind komisch drauf. Sie grüßen die anderen, reden nur Gutes hinter ihrem Rücken, laufen tagsüber rum, klauen kaum …“

„Hast recht“, stimmte Theodor zu. „Da geht irgendwas vor. Aber was?“ Der Hase hielt an und stellte sich auf seine Hinterpfoten. „Du meinst nicht … Es wird keinen Kampf geben? Zwischen euch und uns? Zwischen den Fantastischen und den Waldtieren?“

Knaster blieb ebenfalls stehen. Seine Koboldohren zuckten und die großen Kugelaugen huschten über Blätter und Gräser, nur ins Gesicht des Hasen blickten sie nicht. „Glaub nicht. Nö. Wozu auch?“

„Du weißt doch, wie die sind“, sagte Theodor und ließ dabei die Ohren hängen. „Erwachsene!“

„Jaaa“, sagte Knaster. „Aber kämpfen würden die nicht. Sie spielen sich gegenseitig Streiche, schimpfen übereinander und sie reden viel, aber –“

„Meine Mama ist jetzt auch bei den *Tierischen Helden*“, murmelte Theodor.

„Oh.“ Der Kobold ging ein paar Schritte weiter, bis er merkte, dass der Hase ihm nicht folgte. „Kommst du?“

„Klar. Sicher. Hab schon gedacht, du bist mir böse.“

„Wieso? Ist ja deine Mama, nicht du.“

Der Hase nickte emsig. „Schon. Stimmt ja. Trotzdem …“

Trotzdem war es eigenartig, dass seine Mutter ein

Mitglied der Z.V.I.T.H. war und sein bester Freund ein Kobold. Die Mitglieder der Z.V.I.T.H. waren ausschließlich Waldtiere. Igel, Füchse, Wölfe, Hirsche, Wildschweine und viele andere hatten sich zur *Zentralen Vertretung der Interessen Tierischer Helden* zusammengeschlossen. Warum? Weil sie fanden, dass es im Zauberwald zu viele fantastische Geschöpfe gab. Wenn etwas zwischen den Bäumen flatterte, dann sei das häufiger eine Waldfee als eine Eule, meinten sie. Schlängelte sich etwas auf dem Boden, sähe man öfter eine zweiköpfige Riesenschlange als eine Kreuzotter. Im Wasser der Flüsse und Seen lebten mehr Nixen als Forellen und nicht alle Einhörner wussten, dass es Hirsche wirklich gab. Das jedenfalls hatte Bertram, der Dachs, erzählt, als er vor ein paar Wochen die Z.V.I.T.H. gegründet hatte. Und auch, dass die Waldtiere vom Aussterben bedroht seien, wenn das so weiterginge.

Theodor wusste nicht, was er davon halten sollte. Er hatte nichts gegen die Zauberwesen. Schließlich war sein Freund Knaster selbst eines.

„Was machen diese *Tierischen Helden* eigentlich?", fragte Knaster jetzt.

„Keine Ahnung", gab der Hase zu. „Quatschen

wahrscheinlich." Plötzlich fiel ihm etwas ein. Wieder blieb er stehen. „Weißt du was? Wir können es rausfinden. Meine Mama ist gerade bei einer Sitzung."

„Ach", machte Knaster und grinste sein Koboldgrinsen. „Deshalb guckst du dich nicht dauernd um und hast nicht so viel Schiss wie sonst."

Theodor zuckte beleidigt mit den Barthaaren. „Dass meine Mama auf der Versammlung ist, hat damit gar nichts zu tun. Aber weil du so doof bist, sag ich dir nicht, wo sie ist."

„Tust du doch", sagte Knaster. „Du kannst nichts für dich behalten."

„Du doch auch nicht", gab sein Freund zurück. „Du hast mir das mit der Versammlung der Fantastischen erzählt. Deine Leute wollen sicher nicht, dass ich es weiß."

„Stimmt", gab Knaster zu. „Aber ich hab's dir erzählt, weil du mein bester Freund bist."

„Siehst du?", meinte der Hase. „Und das ist unser größtes Geheimnis überhaupt. Trotzdem hab ich's keinem erzählt."

Knaster zupfte seinen Lendenschurz zurecht und ging auf Theodor zu. Er streichelte ihm über das Fell und bedauerte wie immer, dass er selbst außer auf den Ohren keine Haare hatte. „Hast recht. Wir wollen nicht streiten. Na los, lass uns deine Mama belauschen. Wo verstecken sich die Z.V.I.T.H.-Leute? In einer Höhle? In einem unterirdischen Bau? Oder –“

„Sie sitzen unter einem Baum auf der großen Lichtung.“

„Oh.“ Knaster wirkte überrascht. „Dann verstecken sie sich also nicht?“

„Gar nicht. Sie haben sogar ein Schild.“

Das Holzschild mit den fünf Buchstaben schaukelte sacht an einem Ast der großen Weide. Unter den Zweigen saßen einige Tiere auf Steinen oder Baumstämmen im Kreis. Es war die vierte Versammlung seit der Gründung der Z.V.I.T.H. – und die am schlechtesten besuchte.

Der Hase und der Kobold krochen durch das hohe Gras der Lichtung auf die Weide zu. Theodor entdeckte seine Mutter.

„Nicht zu fassen“, flüsterte er. „Sie sitzt neben Zacharias. Und dabei hasst sie Füchse! Sie findet sie alle ganz furchtbar eingebildet.“

„Wer sind die anderen?“, fragte Knaster.

„Der Bär, das ist Marius. Er sitzt zwischen seinen beiden Freunden. Nathan ist der Hirsch, Otto links von ihm ist ein Marder.“

„Sieht aus wie ’ne Katze“, meinte der Kobold leise. „Und zieh deine Ohren ein, sonst sehen die uns noch. Wer ist der Graue?“

„*Die* Graue, nicht der. Das ist Elvira, die Wölfin. Die ist echt stark.“

„Von der hab ich gehört“, sagte Knaster. „Wir gehen ihr lieber aus dem Weg.“

Theodor kicherte. „Und dabei trifft sie so gerne neue Leute. Die meisten hat sie zum Fressen gern.“

„Kannst du was hören?“, fragte Knaster. „Du hast bessere Ohren.“

„Ich glaube, Bertram hat was gesagt.“

„Ist das der mit dem verbogenen Stock und dem komischen Hut?“ Der Kobold spähte zwischen den Grashalmen durch. „Ist er ein Stinktier?“

„Ein Dachs. Den Weidenspazierstock hat er immer dabei. Wahrscheinlich schläft er damit. Und der Hut ist ein Zylinder, sagt er. Warte …“ Theodors Stimme war ein Flüstern. Sie waren jetzt ganz nah dran. „Ursula schlägt mit den Flügeln. Sie will was sagen.“

„Es ist unerträglich!“, platzte die Eule heraus und flatterte aufgeregt von ihrem Ast auf. „Ich kann fliegen, seit meine Mutter mich aus der Bruthöhle geschubst hat. Und ohne Zauberei. Aber interessiert das jemanden? Nein! Doch wenn so ein blödes Waldfeechen herumschwirrt, kriegen alle leuchtende Augen. Eine Zumutung!“

Im hohen Gras stieß Knaster Theodor an und grinste. „Sieht aus, als hättest du recht“, flüsterte er. „Die quatschen wirklich nur.“

„Es stimmt“, sagte die Wölfin. „Die Fantastischen werden immer dreister. Seit ein paar Tagen wollen sie mich aus meinem Revier vertreiben.“

Nathan der Hirsch keuchte entsetzt.

Elvira senkte den Kopf. „Ich bin vorgestern in eine Besprechung geplatzt“, sagte sie. „Waren eine Menge von denen dort. Elfen, Feen, Einhörner – sogar der Drache. Mit den Feen hätte ich es aufgenommen, aber der Drache ... Außerdem waren sie in der Überzahl. Lukretia war bei mir. Sie hat ihnen gedroht, sie zu beißen, falls sie uns nicht in Ruhe lassen.“

„Dann ... dann haben sie auch einen Verein gegründet?“, fragte Bertram besorgt. „Wie unverschämt! Das war unsere Idee.“

Die Wölfin leckte nachdenklich über eine Pfote. „Das kann ich nicht sagen. Aber es hat ihnen nicht gepasst, dass ich sie gesehen habe.“

Theodors Mutter trat vor. „Konntest du hören, worum es ging?“

Die Wölfin blickte auf. „Nein. Aber wir sollten uns in Acht nehmen.“

Ungewollt stellte Theodor eines seiner Ohren auf. Knaster streckte die Hand aus und drückte es wieder runter.

Auf einmal glitt ein Schatten über sie hinweg und auf die Weide zu. Ein großer Vogel landete direkt vor dem Dachs und faltete seine Flügel zusammen.

„D-d-das ist die Spechtin“, sagte Theodor aufgewühlt. Er hatte schon befürchtet, sie wären entdeckt worden. „Und auf ihrem Rücken sitzt –“

„Samuel!“, rief der Dachs. „Und Dolores. Was bringt euch beide hierher? Und so spät? Wir haben schon längst angefangen.“

„Halt die Klappe!“, schnauzte Samuel den Dachs an. „Das ist ein Notfall! Gestern Nacht ist etwas passiert, wovon ihr alle erfahren müsst.“

Der Maulwurf kletterte vom Rücken der Spechtin. „Ich wurde ermordet!“

Im ersten Moment reagierte niemand. Dann kicherte der Fuchs schnarrend. Seine Stimme klang ölig und er betrachtete seine Rute, als er sagte: „Ich will dir ja nicht den Tag vermiesen, alter Junge, aber auf mich wirkst du ziemlich lebendig. Abgesehen von dem Geruch aus deinem Mund.“

Jetzt kicherten auch einige der anderen Tiere.

„Ja, ich fürchte, das gehört zum Ermordetwerden“, meldete sich der Bär. „Man sollte danach tot bleiben.“

Der Maulwurf hob eine seiner Schaufelpranken. „Seid ruhig. Kapiert ihr nicht den Ernst der Lage? Zum Glück hat der Anschlag nicht funktioniert. Aber sie haben es versucht!"

„Wer?", wollte Bertram wissen.

„Die fantastischen Geschöpfe natürlich", sagte Samuel. „Wer denn sonst? Wovon rede ich denn die ganze Zeit? Meinst du, ich komme, um zu verkünden, dass ein Fuchs mich fressen wollte?" Er warf Zacharias einen bösen Blick zu. „Tut bloß nicht so! Hier geht es um weit mehr!" Jetzt hatte er die volle Aufmerksamkeit. „Gestern Nacht ist Obligo durch den Wald gestolpert. Er hatte einen Sack dabei. Und wie ich durch geschicktes Fragen herausfinden konnte …", der Maulwurf legte eine dramatische Pause ein, „… hatte er etwas in dem Sack."

„Was denn?", fragte Theodors Mutter atemlos.

„Ein Mädchen."

„Ein Menschenmädchen?", fragte Otto der Marder scharf.

Samuel nickte. „Darauf kannst du deine gelben Zähne verwetten."

Erst herrschte Schweigen. Dann fingen alle Tiere gleichzeitig an zu reden.

„Ruhe!", rief Bertram. Er wandte sich an Samuel.

„Das ist kein Spaß. Bist du absolut sicher, dass der Drache die Wahrheit gesagt hat?“

„Er wollte es nicht“, sagte Samuel. „Es ist ihm herausgerutscht. War ein wichtiger Auftrag, den ihm die Fantastischen gegeben haben.“

„Was wollen sie mit einem Mädchen?“, fragte der Dachs.

Darauf wusste keines der Waldtiere eine Antwort.

Auch der Kobold im hohen Gras schüttelte den Kopf. Entsetzen stand in seinem Gesicht. „Ich verstehe es nicht“, murmelte er. „Was haben wir da bloß getan?“

Die Höhle des Drachen

Ariane hätte nie gedacht, dass sie freiwillig wieder in den Sack kriechen würde. Aber in der Höhle war es feucht und kalt. Der Boden war glitschig. Und zweimal hatte sie etwas ertastet, was sie für Knochen hielt. Sie war beinahe froh, dass es hier kein Licht gab.

Den Sack benutzte sie als Decke und legte ihren Kopf auf das Kissen. Ariane fand es tröstlich, dass sie es dabeihatte. Es kam ihr vor wie ein Gruß von zu Hause. Nachdem sie die Höhle erreicht hatten, hatte der Drache seine Beute auf den Boden fallen lassen und war verschwunden. Nach einer Weile hatte Ariane tiefe Atemzüge und Schnarchen gehört.

Leider wusste sie nicht genau, aus welcher Richtung sie kamen. Die Wände der Höhle schienen die Geräusche aufzufangen und hin- und herzuwerfen wie einen Ball. Und Ariane hatte keine Lust, versehentlich ins Maul des Ungetüms zu laufen.

Wieder war es wohl das Beste, einfach abzuwarten. Aber Warten war noch nie ihre Stärke gewesen. Sie lag mit offenen Augen im Dunkeln und versuchte, einen Plan zu fassen. Vielleicht würde Licht durch den Höhleneingang fallen, wenn es draußen hell wurde. Dann würde sie vielleicht die Umrisse des Drachen erkennen können. Wenn er bis dahin noch schlief, könnte sie vielleicht an ihm vorbeilaufen und …

Der Plan hatte zu viele Vielleichts. Außerdem hatte es der Drache geschafft, sie aus ihrem Kinderzimmer zu entführen. Wie lange würde er brauchen, sie an einem Ort zu finden, an dem sie sich nicht auskannte? Gestern hatte er gesagt, es wäre ein Zauberwald. Ariane zweifelte nicht daran. Ihr Zuhause war weit weg. Ob sie es jemals wiedersehen würde?

Ohne es zu wollen, musste sie weinen. Ihr ganzer Körper zitterte in dem groben Sack. Das Kopfkissen bekam dicke Tränen zu trinken.

Arme Mama!, dachte Ariane. *Sie macht sich schon Sorgen, wenn ich morgens zu Fuß zur Schulbushaltestelle gehe. Was wird sie jetzt denken?*

Ihr Vater würde sie nicht vermissen. Er würde nicht einmal ihr Verschwinden bemerken. Denn ihren Vater hatte Ariane nie kennengelernt. Er hatte ihre Mutter noch vor Arianes Geburt verlassen. Aber er fehlte Ariane nicht, denn mit ihrer Mama hatte sie immer viel

Spaß gehabt. Von Beruf war sie Kinderbuchillustratorin. Doch seit ein paar Monaten ging sie selbst auch wieder zur Schule. Sie machte abends irgendeinen Computerkurs in der Volkshochschule. Und dort hatte sie Joachim getroffen. Der war oft zu Besuch gekommen, was Ariane nicht gestört hatte. Denn Joachim hatte auch nichts gegen Spaß. Wenn es zu Kissenschlachten oder Kitzelattacken kam, war er immer auf Arianes Seite. Auch seine Arbeit gefiel ihr: Er war Buchhändler. Er hatte mehr Bücher, als Ariane je lesen konnte. Es war himmlisch! Doch dann waren die Ferien vorbei gewesen und Erik war zurückgekommen.

Natürlich hatte Joachim ihnen erzählt, dass er einen Sohn hatte. Dass der bei ihm wohnte und in den Ferien zu seiner Mutter nach Dänemark flog. Ariane hatte ein Foto von ihm gesehen, auf dem der Junge, wie sie fand, nett und klug aussah. Als würde er gern lachen. Sie hatte sich auf ihren neuen großen Bruder gefreut. Aber es war ein altes Foto gewesen. Erik hatte das Missverständnis schnell aus der Welt geräumt. Er lachte überhaupt nicht gerne und hatte kein Interesse an einer Schwester.

Arianes Mutter hingegen schien er sehr zu mögen. Er lächelte sie scheu an und beobach-

tete sie, wenn sie nicht hinsah, er räumte den Geschirrspüler ein und half ihr, die Wäsche aufzuhängen.

Natürlich war das ein Trick, das hatte Ariane längst durchschaut. Er konnte Ariane nur dann ungestört das Leben schwer machen, wenn Arianes Mutter nichts davon ahnte, was für ein fieser Knilch er war. Und wirklich! Arianes Mutter mochte Erik. Wenn Ariane sich bei ihr über ihn beschwerte, sagte sie nur, Ariane solle ihm eine Chance geben. Toll!

„Den hättest du dir holen sollen, Drache“, flüsterte Ariane. „Der hätte es viel mehr als ich verdient, gefressen zu werden.“

Das Schnarchen brach ab und ein Stück entfernt leuchtete ein Auge auf. „Ach? Ist er weit weg? Ich hätte Lust auf ein kleines Frühstückshäppchen.“

Die Stimme donnerte durch die ganze Höhle. Kleine Steinchen lösten sich von den Wänden und rasselten zu Boden. Ariane schrie auf und robbte in ihrem Sack rückwärts, bis sie eine Wand spürte.

„Nanu? Menschenmädchen? Bist du noch da? Hast du nicht mit mir geredet?“, dröhnte der Drache. „Ich war sicher, du tust reden mit mir. Ist nämlich sonst keiner da. Hehe. Also, wo ist was zu fressen?“

„Ich … ich … dachte, Sie schlafen“, piepste Ariane.

Der Drache lachte und Ariane war sicher, dass die Höhle jetzt einstürzen würde. „Du hast das Zauberwort gesagt“, erklärte er dann. „Jeder Drache wäre bei dem Wort aufgewacht. Sogar wenn er unter Wasser wäre oder so gut wie tot. Du hast Fressen gesagt, Menschenmädchen.“ Er legte eine Pause ein. „Komisch, dass du das sagst, wo du doch selbst eines bist. Aber du hast nicht von dir geredet, oder?“

„Nein!“, rief Ariane schnell.

„Frag ja nur. Hehe. Dürfte eh nicht. Hab's versprochen.“

Die dumpfe Stille kam Ariane gespenstisch vor. Darum sprach sie wieder.

„Ich heiße Ariane“, sagte sie. „Und … ähm … wie heißen Sie?“

„Nein-nein-nein“, gab der Drache zurück. „So dumm bin ich niemals nicht. Man sagt einem Menschenkind nicht, wie man heißen tut.“

Arianes Herz hüpfte wild. Aber diesmal nicht vor Angst. „Warum denn nicht?“

Das gelbe Auge blinzelte im Dunkeln und verschwand dabei immer wieder kurz. „Ja, nu, dann könntest du mich ja rufen. Das ist nicht gut.“

„Aber das kann ich auch jetzt. Wenn ich *Drache* rufe, dann …“

„’s gibt mehr als einen Drachen, Mädchen. Muss nich ich sein.“

„Hm.“ Ariane krabbelte aus dem Sack und setzte sich darauf. „Was wäre denn so schlimm daran, wenn ich Sie rufen würde?“

„Nu, is doch klar, oder? Was tut man, wenn einen einer rufen tut, hä? Na, was schon? Man kommt gelaufen.“

„Aber … das muss man nicht.“

„Muss man schon“, beharrte der Drache.

„Man kann auch so tun, als hätte man’s nicht gehört. Und dann –“

„Nicht, wenn man ein Drache ist, dann nicht“, sagte der Drache. „Und jetzt hör auf zu reden. Hab noch nie nicht mit Fressen geredet. Ist nich natürlich, so was. Verdirbt einem den Magen.“

„Aber Sie dürfen mich gar nicht fressen“, erinnerte Ariane ihn hastig.

Der Drache brummte. Ariane vernahm ein gewaltiges Knacken und das Auge bewegte sich im Zickzack nach oben, bis es so hoch oben schwebte, dass sie sich fragte, wie groß die Höhle wohl war. Da ging auch das zweite auf.

„Ach, darf ich nicht? Kleiner Neunmalklug, was?“, dröhnte der Drache beleidigt. „Werd dir einfach nichts mehr erzählen, so mach ich das.“

Ariane hörte, wie er herumstolperte. Ein paar Mal krachte es und Holz zerbarst. Plötzlich erhellte eine Flamme die Höhle. Der Drache hatte ein Lagerfeuer errichtet. Eine Welle heißer Luft traf Arianes Gesicht und sie schauderte. Zögernd stand sie auf, schnappte sich den Sack, warf ihn über die Schulter und kroch näher an das Feuer.

„Soso“, murmelte der Drache. Dabei war sein Murmeln lauter als das Brüllen eines Löwen. „Das gefällt ihr. Hat keine Angst, dass ich sie braten könnte. Pffft. Menschen. Große Klappen, aber kleine Zähne.“

Ariane fragte sich, ob der Drache inzwischen kapiert hatte, dass sie Ohren hatte und ihn verstehen konnte. Sie beobachtete, wie er einen riesigen Braten aus einem Loch in der Höhlenwand holte. Er steckte ihn

auf einen Spieß, den er dann über dem Feuer befestigte. Ariane starrte das Stück Fleisch an und fragte sich, was es einmal gewesen war, ehe es dem Drachen über den Weg gelaufen war. Und trotzdem … trotzdem spürte sie, dass sie Hunger hatte.

Also wartete sie geduldig, dass der Drache ihr was zu essen anbieten würde. Nach einer Weile musste sie husten und wedelte den Qualm aus ihrem Gesicht. Doch ihre Hand sank sofort wieder in ihren Schoß und sie blickte wie verzaubert dem Rauch nach. Er zog direkt in ihre Richtung, als würde er von einem mächtigen Staubsauger angezogen. Also musste der Höhleneingang irgendwo hinter ihr liegen. Aber wie weit war der Ausgang entfernt? Hatte sie die Möglichkeit, ihn zu erreichen, ehe der Drache sie erwischte?

„Was machen wir denn jetzt?", fragte Ariane ihren Entführer.

„Warten, dass der Braten fertig wird, dass es Frühling wird, dass die anderen kommen. Warten halt. Das kannst du doch, oder?"

Ariane runzelte die Stirn. „Kommt

drauf an, wie lang“, sagte sie und fragte sich, wer die *anderen* waren. Andere Drachen? „Ich muss aufs Klo.“

„Wohin?“

„Auf die Toilette. Aufs WC. Für kleine Mädchen. Ins Badezimmer.“ Sie musste entkommen, ehe diese *anderen* kamen. „Menschen müssen auf die Toilette. Müssen Drachen nie ... Trinken Sie denn nichts?“

„Pah! Oft trinke ich fünf, sechs Liter Schnaps am Tag. Alle Drachen trinken. Sehe ich aus, als würde ich nicht trinken?“

„N-n-nein“, stotterte Ariane. „Aber ... der Schnaps muss doch auch wieder rauskommen, oder?“

„Klar“, sagte der Drache stolz. „Was meinst du, warum unsereiner Feuer atmet?“ Der Drache kicherte. „Einmal, da hab ich an einem Tag zehn Liter Schnaps getrunken. Da war ich bei ’nem Kumpel zu Besuch. Hatte Eintopf gekocht mit ganz viel Pfeffer. Und ich musste niesen. Hab ihm die ganze Höhle ausgeräuchert. Alle Felle sin verbrannt. Wir ham vielleicht gelacht, sag ich dir! Hätten uns beinahe angepinkelt vor Lachen!“

Ariane setzte sich auf. „Aber dann ...“

„Pssst!“, machte der Drache. „Ich höre was – das sind die anderen.“

Die Fantastischen

Als Erste trafen die Feen ein. Nervös schwirrten sie durch die Luft. Mit ihren bunten Kleidern und den schillernden Flügeln waren sie Farbtupfer auf dem hellen Blau des Frühlingshimmels.

Kurz darauf ließen sich weitere geflügelte Wesen auf dem Felsboden nieder. Zwei Greife falteten ihre Adlerschwingen, scharrten mit den Löwenfüßen und starrten über die Schnäbel hinweg ins Tal.

Dann tauchten die ersten Köpfe der Vertreter des Fußvolkes auf. Sie alle waren den schmalen Bergpfad entlangmarschiert. Mit einem Mal wurde es voll auf dem Versammlungsfelsen der Zauberwesen: Riesen, Zwerge, Einhörner, Elfen, Kobolde, mehrköpfige Schlangen, dazwischen Kreaturen, die so selten waren, dass sie nicht einmal Namen hatten. Die Nixen und Wassermänner saßen an der Felskante unter dem Wasserfall. Die Hexen und Zauberer unterschieden sich nur durch ihre Warzen, die roten Nasen und die eigenartige Kleidung von Menschen. Auch die Elfen hätte man für blasse, schöne Jugendliche halten können. Ihre

violetten Augen verrieten jedoch, dass sie älter waren, als sie aussahen.

Einer von ihnen, ein großer, weißhaariger Elf, trug ein dunkelbraunes Gewand mit einem verschnörkelten Zeichen auf der Brust. Er hatte einen eigenartig geformten Zweig in der Hand. Jetzt hob er ihn. Obwohl er kein Geräusch gemacht hatte, blickten ihn auf einen Schlag alle Abgeordneten an und es wurde still.

„Willkommen", sagte der Elf. Die violetten Augen schweiften über die Versammlung. „Ihr seid gekommen. Gut. In Zeiten wie diesen müssen wir zusammenhalten." Er wandte sich um und blickte auf einen Höhleneingang in der Felswand hinter ihm. „Ich werde es kurz machen: Unser Plan hat funktioniert. Obligo war erfolgreich."

Sofort wurde es wieder laut. Einige Wesen jubelten, andere applaudierten. Wieder hob der Elf den Zweig.

„Sie ist da drin", sagte er. „Ich übergebe hiermit den Zauberzweig an Morgenröte."

Eine Fee in einem gelben Kleidchen schwebte zu ihm und griff nach dem gewundenen Ast.

„Ich danke dir, Elfenkönig, und euch, meine

fantastischen Freunde", sagte die Fee. „Dass ihr alle hinter uns steht in dieser Sache. Wir hoffen immer noch, dass wir unsere Schwester Musella bald wieder –"

„Bleibst du wohl stehen!"

Die Stimme des Drachen donnerte aus der Höhle.

„Komm sofort wieder her!"

Nur Augenblicke später stolperte ein Menschenmädchen in einem dunkelblauen Kleid aus dem Eingang. Als das Mädchen ins Licht trat, riss es eine Hand vor die Augen. Hinter ihm waren die Schritte des Drachen zu hören. Instinktiv sprang das Mädchen beiseite und duckte sich hinter einen Felsen. Im selben Moment war der Drache da. Hätte sich das Mädchen nicht zur Seite geworfen, hätte er es wohl niedergetrampelt.

„Oh", sagte der Drache, als er die fantastischen Kreaturen vor seinem Höhleneingang sah. „Äh … hehe. Hallo, allerseits. Nett, dass ihr vorbeischaut. Habt schon angefangen, wie ich sehe. Sehr gut, sehr gut." Während er sprach, flitzten seine Pupillen nervös hin und her. Er entdeckte das Mädchen hinter dem Felsen und atmete auf. „Da ist übrigens das Menschenkind, über das wir vor zwei Tagen geredet haben. Hab sie aus dem Steinbaum rausgeholt. Hehe. Keine große Sache. Kaum der Rede wert.“ Er streckte eine Pranke aus und packte das Mädchen an einem Bein. So ließ er es in der Luft baumeln, damit alle es sehen konnten. Das Kind kreischte und versuchte, sich aus dem Griff zu lösen.

„Sie ist dir beinahe entkommen, du Tölpel“, schimpfte die Fee Morgenröte.

„Ach, das“, winkte Obligo ab. „Kleines Missgeschick. Was sollt ich denn tun, hä? Wenn sie sagt, sie muss Pipi machen.“

Einige Zauberwesen kicherten und die Fee verdrehte die Augen. Doch die meisten Abgeordneten starrten wie gebannt auf das zappelnde Mädchen. Es hielt etwas Weiches, Unförmiges in seiner Faust.

„Ist sonst alles glattgegangen?", fragte der Elfenkönig.

„Klar, Leandro. Ganz glatt", brummte Obligo und grinste in die versammelte Menge. „Glatt wie … 'n Koboldkopf. Könnte nicht glatter gelaufen sein, eure Majestät, Herr König, Herrscher der Elfen und so weiter."

„Die Eltern haben nichts bemerkt? Der Bruder auch nicht?", hakte Leandro nach.

Die Feen flogen zu dem Mädchen. Gemeinsam nahmen sie es dem Drachen aus der Pranke und schwebten mit ihm zu Boden. Dort flatterten sie entzückt um das Kind herum und flochten einzelne Haarsträhnen zu Zöpfchen.

„Ähm. Nee. Hehe. Keiner hat nichts bemerkt", nuschelte der Drache, der dem Treiben verwirrt zusah. „Alle haben geschlafen. Was tut ihr da? Sie ist unsere Beute!"

„Sie ist keine Beute", fuhr ihn Morgenröte an. „Sie ist … unsere Geisel. Weißt du nicht, was der Unterschied ist?"

Der Drache brummte. „Geiseln darf man nicht fressen."

„Das hat er sich gemerkt", sagte ein Elf und ein Riese lachte dröhnend.

„Hey, ich hab alles richtig gemacht", verteidigte sich Obligo. „Ich hab den Steinbaum gefunden. Ich hab das Menschenmädchen gefunden, mich nicht draufgesetzt, es nicht fallen lassen …" Er warf dem Mädchen einen schnellen Blick zu. Aber es schien viel zu beschäftigt zu sein, die Feen im Auge zu behalten. Gerade wand ihm eine von ihnen eine rosarote Blumenranke ins Haar. „Sie lebt, ist gesund und munter", fuhr Obligo fort. „Niemand hat uns gesehen."

„Du lügst", meldete sich jemand neben dem Drachen. „Ein Maulwurf hat uns gesehen." Es war das Menschenmädchen.

Obligo verzog das Maul und verschränkte die Klauen über dem geschuppten Bauch.

„Upsi", sagte er.

„Ein Maulwurf?", rief König Leandro. „Wir verkriechen uns auf dem zweithöchsten Berg des Zauberwaldes, damit die Wölfin uns nicht wieder über den Weg läuft, und du … wie konnte ein Maulwurf dich sehen? Die sind fast blind und leben unter der Erde. Du bist ein Drache und kannst fliegen."

„Er ist gelaufen", meldete sich das Mädchen wieder. „Und fallen gelassen hat er mich auch!" Eine Fee schlug sich die Hand vor den Mund. „Zwei Mal."

„Hab ich's nicht gesagt?", knurrte einer der Riesen. Er hatte einen Knüppel über der Schulter und trug eine Latzhose aus braunem Fell. „Drachen sind echt für alles zu dämlich."

„Nenn mich nicht dämlich, du Wicht!", rief Obligo drohend. „Sonst mach ich mit dir das Gleiche wie mit dem Maulwurf."

Der Elfenkönig kam näher. „Und das wäre?", fragte er lauernd.

Obligo zuckte die Schultern. „Hab ihm gesagt, er soll den Mund halten."

„Von wegen!", rief das Mädchen. Es deutete mit dem Zeigefinger auf den Drachen. „Ich hab alles durch mein Kopfkissen gehört. Er hat den Maulwurf getötet."

Die Fantastischen sprangen entsetzt auf oder erhoben sich in die Lüfte. Die Nixen und Wassermänner hüpften aus dem Wasser, um dann wieder unterzutauchen.

„Nein. Oh nein. Nein. Das kann nicht sein“, murmelte Leandro.

„Wie konnten wir nur“, sagte die Fee. „Einem Drachen zu vertrauen!“

„Hey!“, rief Obligo. „Hey, nun beruhigt euch aber mal wieder! So schlimm ist das ja nun wirklich nicht. Samuel war doch –“

„Samuel?“, kreischte einer der Kobolde. „Du hast den Bürgermeister der Maulwürfe gefressen? Bist du völlig irre?“

„Nur angehaucht. Er wollte seinen Leuten petzen, dass wir ein Mädchen haben.“

König Leandro ließ den Kopf hängen. „Verstehst du nicht, was du getan hast?“, fragte er. „Ist es nicht schlimm genug zwischen denen und uns, ohne dass du einen von ihnen umbringst?“

„Sie werden herausbekommen wollen, was vorgeht“, sagte die Fee. „Und wenn sie erst von dem Mädchen wissen, werden sie sich einmischen.“

„Wie sollen sie denn von ihr erfahren?“, fragte Obligo. „Also wirklich! Immer tut ihr Schwierigkeiten sehen, wo gar keine sin. Ihr bringt die Kleine gleich runter zum See. Dann bleibt sie unten im Wasserpalast, bis alles geklärt is. Wo is das Problem? Ein Murmeltier weniger. ’s is alles. Ich hab’s ja auch nicht gern gemacht. Mir wird er am meisten fehlen. Wir waren fast Freunde. Praktisch."

„Vielleicht hat er recht", meinte Morgenröte zögernd. „Vielleicht hat er einfach getan, was getan werden musste."

Der Elf seufzte. „Jetzt ist es zu spät, um daran was zu ändern. Wir sollten das Mädchen schnellstens zum See bringen. Hier oben könnte es gesehen werden."

Einige Zauberwesen nickten.

„Im Wasserpalast ist sie sicher", meldete sich eine Nixe. „Da kommt keiner rein. Und weil sie keine Kiemen hat, kommt sie auch nicht raus."

„Gut", sagte der Elfenkönig. „Bringt sie fort. Und tut ihr nicht weh. Macht es ihr so schön wie möglich. Wir kümmern uns um den nächsten Teil des Plans. Vielleicht wird es den Tieren wirklich nicht auffallen, dass einer von ihnen fehlt. Immerhin – wir haben ja auch eine Weile gebraucht, um zu merken, dass eine von uns fehlt."

„Ich will nicht in den Wasserpalast!" Das Mädchen war aufgestanden. Die Feen ließen erschrocken die Zöpfchen und Blumenranken fallen. „Ich will nach Hause." Sie fing an zu weinen. „Bitte, lassen Sie mich nach Hause. Meine Mama hat

Angst um mich. Und ich hab auch Angst. Ich will nicht hier sein. Ich hab nichts getan."

Einige der Feen mussten ebenfalls schluchzen. Die umstehenden Zauberwesen blickten betreten zu Boden. Der Elfenkönig sah das Kind ernst an.

„Das wissen wir", sagte er. „Es tut uns leid. Aber wir können dich noch nicht gehen lassen. Du wirst später verstehen, warum. Vielleicht tröstet dich das: Deine Mutter macht sich keine Sorgen. Bis du zurückkommst, hat die Menschenwelt vergessen, dass es dich gibt."

Doch seine Worte hatten nicht die beruhigende Wirkung, die der Elfenkönig sich wohl erhofft hatte. Das Mädchen stand wie erstarrt. Die dunkelblauen Augen wurden größer. Seine Lippen zitterten, und dann flossen die Tränen noch heftiger als zuvor.

„M-m-meine M-mama hat mich vergessen?", stotterte sie.

Der Elf nickte unsicher. „Wie gesagt, damit sie sich keine Sorgen macht."

„Aber … aber … sie ist doch meine Mama."

„Ach du dicke Beule", heulte der Riese mit der Keule. „Macht, dass sie damit aufhört. Wenn sie noch mal Mama sagt, schlag ich mich selber bewusstlos."

„Los jetzt“, bestimmte Leandro ungehalten. „Nebelstern, du wirst sie tragen. Ich wette, das muntert sie auf. Mädchen reiten gerne auf Einhörnern. Folg Aquaria. Sie zeigt dir die Stelle am See, an der die Kleine ins Wasser muss.“

Ein schwarzer Einhornhengst trabte zu dem Kind. Er berührte es sanft mit der Spitze seines Horns.

„Was wollt ihr von mir?“, rief das Mädchen verzweifelt. „Sagt mir das einer?“

„Siehst du …“, fing die Fee Morgenröte an. „Uns ist etwas gestohlen worden. Und um es zurückzubekommen, brauchen wir dich.“

„Aber ich habe nichts gestohlen.“

„Das wissen wir“, sagte die Fee. „Nur –“

Das Mädchen trat von dem Einhorn zurück. „Ich gehe nicht mit euch.“ Dann fiel sein Blick auf den Drachen. Obligo erwiderte ihn. Dabei schien ihm etwas einzufallen,

denn seine Augen weiteten sich vor Schreck. In die des Mädchens hingegen trat Entschlossenheit.

„Mein Braten!“, rief der Drache. „Der brennt an. Muss los.“ Er stopfte sich die Pranken in die Ohren. „Dadadaaahaaa. Dididumm-dada.“

Aber sein Schweif war noch nicht im Eingang verschwunden, da warf das Kind den Kopf zurück und sagte laut und deutlich: „Obligo! Ich rufe dich, Drache!“

Der Drache kam rückwärts wieder aus der Höhle. Entsetztes Keuchen ertönte aus den Reihen der Zauberwesen.

„Was wünschst du?“, knurrte der Drache.

Das Mädchen lief auf ihn zu und blieb vor seiner Schnauze stehen. „Bring mich von hier fort“, verlangte sie. „Bring mich zurück nach Hause.“

Schockiert starrte der Drache sie an. Dann riss sich einer der Riesen los und auch die Elfen rannten auf das Mädchen zu. Widerstrebend hob sich Obligos Pranke. Er schnappte sich das Menschenkind und setzte es auf seinen Kopf, wo es sich festklammerte.

„Was soll ich sagen?“, dröhnte der Drache verlegen. „Ihr wisst, wie das ist. Ein Drache – ein Name.“ Während er sprach, entfaltete er die Flügel.

„Obligo!“, schrie das Mädchen. „Schnell, weg von hier.“

„Ich hoffe, ihr folgt mir“, sagte der Drache. „Weil, ich kann leider gar nix machen.“

Damit rannte er auf die Felskante zu und glitt mit dem Mädchen in die Lüfte.

Zwei Helden

Ohne ein Wort zu sagen, stand Knaster auf und ging zum Wasserfall. Hier war er am weitesten von der Felskante entfernt, an der sie alle standen und dem Drachen nachstarrten. Die Feen, die Greife und ein paar andere Flügelwesen waren Obligo gefolgt. Dabei musste ihnen doch klar sein, dass keiner mit einem Drachen mithalten konnte. Der Kobold hielt sich lieber von der Versammlung fern. Er hatte Angst, dass einer der Abgeordneten ihn sehen könnte. Kobolde waren zwar ausgezeichnete Diebe, leider aber grauenhaft schlechte Lügner. Niemals hätte Knaster so tun können, als wäre er traurig, wenn er eigentlich froh war.

Und Knaster war so fröhlich, dass er am liebsten den Ohrentanz getanzt hätte. Dabei handelte es sich um einen ganz speziellen Ausdruckstanz, den Kobolde nur in Momenten höchster Freude aufführten. Das Mädchen war entkommen! Die Kleine hatte es tatsächlich geschafft. Knaster konnte es kaum erwarten, seinem besten Freund davon zu erzählen.

Theodor war genauso entsetzt darüber gewesen, dass die Zauberwesen es gewagt hatten, ein Menschenkind zu entführen. Gleich nach der Z.V.I.T.H.-Versammlung hatten sich die Freunde vorgenommen, das Kind zu befreien und ihm zu helfen, wieder in die Menschenwelt zu gelangen. Ihr Plan stand fest, auch wenn sie dafür in die Höhle des Drachen mussten und eigentlich auch nicht so genau wussten, wo die Menschenwelt lag.

Aber das brauchten sie jetzt nicht mehr zu tun. Dieses kleine Mädchen hatte es allen gezeigt. Auf dem Rücken des Drachen flog es zu seiner Mama.

„Knaster!“, ertönte da die Stimme seiner Tante. „Was machst du denn da bei den Nixen? Du wirst noch ins Wasser fallen und ertrinken. Und dann sind deine Eltern sauer auf mich!“

Knaster sah auf. Die Versammlung hatte sich aufgelöst. Die Zauberwesen zogen ab und wanderten zurück in ihre Höhlen, Nester und Bauten.

„Armes Mädchen“, sagte eine Nixe neben Knaster. „Was wird sie tun?“

„Zurückkommen“, sagte ein Wassermann trocken. „Wir können nur hoffen, dass der bescheuerte Drache sie nicht unterwegs wieder fallen lässt.“

Für Knaster ergab das keinen

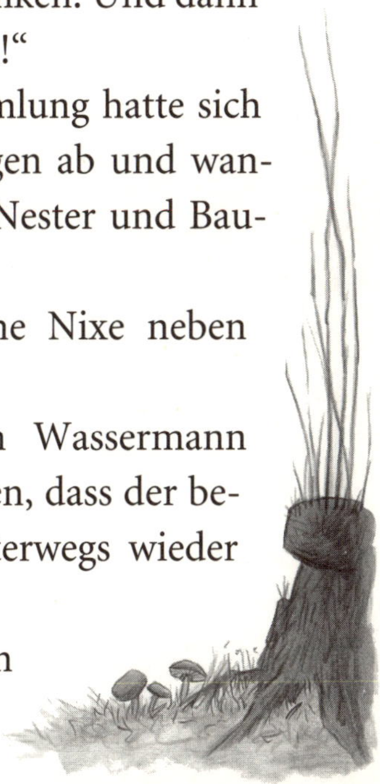

Sinn. Aber die Wasserwesen machten keine Anstalten, noch mehr zu sagen, also nahm der Kobold seinen Mut zusammen. „Ähm“, machte er. „Entschuldigung, aber warum ist das Mädchen arm? Immerhin ist es entkommen. Es ist auf dem Weg nach Hause.“

Die Nixe blickte den Kobold an. „Kapierst du denn nicht?“, fragte sie. „Hast du nicht gehört, was Leandro gesagt hat? Was soll sie zu Hause? Niemand weiß, wer sie ist. Sie existiert dort nicht. Das Mädchen hat kein Zuhause mehr. Alles, was ihm davon geblieben ist, ist das Kopfkissen, das es dabeihatte. Armes Ding!“

„Und was ist ein Kopfkissen?“, fragte der Kobold verwirrt.

„Die Menschen benutzen so was“, antwortete ihm ein Wassermann. „Dieses weiße, weiche Ding mit den roten Blumen drauf, das sie in der Hand hatte, ist eines. Die legen nachts ihre Köpfe drauf. Gute Lösung, wenn man kein Wasser findet, auf dem man schlafen kann, aber –“

„Knaster!“

Diesmal gehorchte der Kobold. Er nickte den Wasserleuten noch einmal zu und trottete zurück zu seiner Tante.

Die Nixe hatte recht: Armes Mädchen. Knaster

fragte sich, wie er sich an ihrer Stelle fühlen würde. So ganz allein mit keinem einzigen Freund in einer fremden Welt. Schlimmer noch: Sie war ja nicht allein. Sie war mit einem Drachen zusammen!

„Tante Knurpsa? Was passiert, wenn das Mädchen vom Drachen steigt? Was ist, wenn er sie dann auffrisst?“, wollte er wissen.

„Nun, ich nehme an, dass das unangenehm wäre“, erklärte seine Tante. „Für alle Beteiligten.“ Sie schob Knaster auf den Pfad, der ins Tal führte. „Hab noch nie von einem gehört, der einen Drachenangriff überlebt hat.“

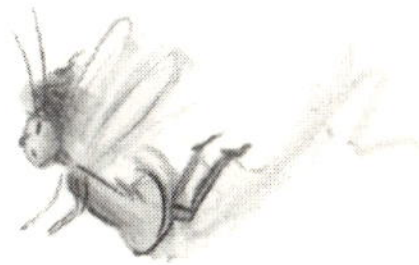

Knaster zitterte. Er wusste selbst nicht, warum ihn das Schicksal des Mädchens so mitnahm.

Schweigend folgten sie einigen Zwergen und Wichteln ins Tal, wo sie sich in kleinen Grüppchen zwischen den Bäumen verloren. Knaster überlegte gerade, wie er wohl seiner Tante entkommen konnte, da sagte sie: „Du findest ja den Weg“, und marschierte ohne einen weiteren Blick in die entgegengesetzte Richtung.

Gut so. Knaster wollte so schnell wie möglich zu Theodor und ihm erzählen, was –

„Kiwwel“, rief eine Stimme zu seiner Rechten.

„Siehst du, was ich sehe? Wen haben wir denn da? Kann das unser alter Knaster sein?“

Knaster musste sich zusammenreißen, um nicht einfach abzuhauen. Kiwwel, Kürkin und Kalau waren in seinem Alter. Sie waren ebenfalls Kobolde, klein, fies und vorlaut. Bis vor Kurzem waren sie sogar seine Freunde gewesen.

„Hallo“, sagte Knaster. „Tut mir leid, Leute, ich kann jetzt nicht –“

Aber Kalau legte ihm einen Arm um die dünnen Schultern. „So lange nicht mehr gesehen, Kumpel“, sagte er. „Fast eine Ewigkeit.“

Kiwwel tauchte links auf und Kürkin stellte sich hinter Knaster.

„Wo warst du denn?“, fragte Kalau. „Wir haben dich vermisst.“

„Stimmt“, sagte Kiwwel. „Haben uns immer gefragt, wo du bist. Also, wo hast du denn gesteckt?“

Knaster zuckte mit den Schultern. „Wo schon? Bin rumgelaufen.“

„Allein?“, fragte Kalau lauernd.

„S-sicher“, würgte Knaster hervor.

Kalau verstärkte den Griff seiner Hand auf Knasters Schulter. Kürkin stand jetzt so dicht hinter ihm, dass Knaster seinen Atem im Nacken spüren konnte. „Wir wissen von dem Hasen“, sagte Kalau in Knasters Ohr. „Hast einen Freund, was? Einen Hasenfuß. Ein wertloses, gewöhnliches Langohr, das nichts weiter kann als wegrennen und Haken schlagen.“

Knaster zitterte. Wie konnten sie von Theodor wissen?

„Haben euch gesehen“, sagte Kiwwel wie zur Antwort. Er grinste und entblößte dabei die beiden Zahnstummel, auf die er so stolz war. „Hast dem Pelzigen unser Versteck gezeigt, was?“

Wie hatte Knaster nur so dumm sein können? Aber Theodor war sein bester Freund und vor besten Freunden hatte man keine Geheimnisse. Darum hatte Knaster dem Hasen den Baumstumpf gezeigt, in dem er und seine Koboldkumpel ihre Beute aufbewahrten. Es war ihm nur richtig erschienen. Gemeinsam hatten sie mit den Sachen gespielt. Knaster hatte sich die Goldkrone einer längst vergessenen Elfenprinzessin auf den Kopf gesetzt. Und Theodor hatte sich mit dem goldenen Schild eines Ritters in Pose geworfen.

„Stimmt“, flüsterte Knaster. „Ich weiß, das hätte ich nicht tun dürfen.“

„Ein Hase!“, zischte Kalau und blickte sich schnell um. Niemand konnte sie sehen. Die Wurzeln und Farne schützten sie. Moos und Baumschwämme schluckten ihre Stimmen. „Wie konntest du nur den Koboldschwur für ein Waldtier brechen?“

„War das etwa der Hase, den wir gefangen hatten?“, fragte Kiwwel.

Kürkin kicherte. „Der vor Angst geheult hat?“

Knaster nickte.

„Hab mich immer gefragt, wie er es schaffen konnte, aus der Falle zu entkommen“, meinte Kalau. „Jetzt wissen wir’s. Du hast ihn rausgelassen.“

Es stimmte. Die Kobolde hatten eine Hasenfalle gebaut. Unterm Laub hatten sie ein Netz versteckt. In der Mitte wartete ein Stück Rinde, in das sie Nüsse gelegt hatten. Sobald der Hase anfing, die

Nüsse zu fressen, löste die Falle aus. Das Netz wurde an einem Seil hochgezogen, bis es an einem Ast baumelte. Knaster hatte es Theodor nie erzählt, aber die Falle war seine Erfindung gewesen. Er hatte sie auch so lange toll gefunden, bis Theodor in dem Netz gezappelt hatte. Ein echter, lebendiger Hase!

Während sich Kiwwel, Kalau und Kürkin vor Lachen beinahe in die Lendenschurze gemacht hatten, hatte Knaster voller Entsetzen sein Werk betrachtet. Sobald es dunkel geworden war, hatte er sich zurückgeschlichen und Theodor befreit. Seitdem waren sie Freunde.

„Dann ist der Hase jetzt also dein Kumpel?“, fragte Kürkin ungläubig.

Knaster holte tief Luft. Er hatte es noch nie getan und war auch nicht sicher, ob er es konnte. Aber er hatte nichts zu verlieren.

„Paah, niemals“, log er. „Ich hab mich nur geschämt. Darum wollte ich euch nicht über den Weg laufen. Es war mir peinlich, dass ich ihn freigelassen hatte.“ Er senkte den Blick wieder. „Verzeiht mir.“

Die drei Kobolde schnappten nach Luft. Es gab ein paar Dinge, die ihresgleichen niemals taten: Sie brachten gestohlene Sachen nicht zurück. Sie waren nicht mit Wesen befreundet, die keine Kobolde wa-

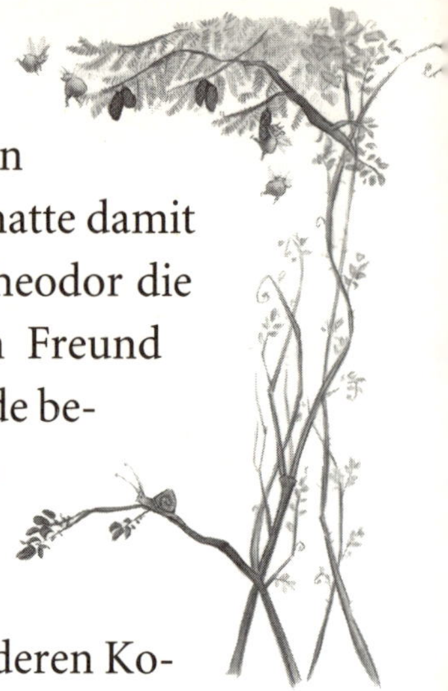

ren. Sie logen nicht. Und sie baten niemals um Verzeihung. Knaster hatte damit alle Regeln gebrochen. Er hatte Theodor die Freiheit zurückgegeben, war sein Freund geworden, hatte seine alten Freunde betrogen und gelogen, als er sie eben um Verzeihung gebeten hatte. So stolz war Knaster noch nie auf sich gewesen. Auch bei den anderen Kobolden zeigte sein Verhalten sofort Wirkung.

„Äh“, machte Kalau verlegen. „Schon gut, schätze ich. Was meint ihr, Leute?“

„Klar“, sagte Kiwwel. „Nicht weiter wild.“

„Lasst uns wieder Kumpel sein“, meinte Kürkin gerührt.

Fast musste Knaster lachen. Da meldete sich Kalau wieder zu Wort.

„Unter zwei Bedingungen“, sagte er. „Erstens: Du siehst den Hasen nie wieder. Es sei denn, er baumelt in einem Netz an einem Ast. Kapiert?“ Knaster nickte erleichtert. „Und zweitens.“ Kalau grinste. „Du machst bei unserem Plan mit.“

Knaster hatte natürlich keine Vorstellung, was das für ein Plan sein konnte. Aber jetzt musste er mitziehen, ob er wollte oder nicht. Also nickte er.

„Sehr schön“, sagte Kalau. „Wird dir gefallen. Der beste Plan, den wir je hatten.“ Er lächelte schmeichlerisch. „Könnte glatt von dir sein. Also: Wir stehlen den Zauberzweig.“

„Ach“, sagte Knaster freundlich. „Wie nett. Das wird bestimmt lustig.“

Kalau, Kiwwel und Kürkin starrten ihn mit offenen Mündern an.

„Sag mal, hast du sie noch alle?“, fuhr Kiwwel Knaster an. „Nett? Lustig? Das ist der verwegenste Wahnsinnsplan aller Zeiten!“

„Ja?“, fragte Knaster.

„Also, manchmal verstehe ich dich nicht“, sagte Kalau. „Kapierst du denn nicht? Mit dem Zauberzweig sind wir mächtiger als alle Fantastischen zusammen. Und sowieso viel mächtiger als alle Menschen und Tiere und Zauberwaldtiere.“

„Klar“, brummte Knaster verlegen. Dann wagte er es endlich, die Frage zu stellen: „Was ist denn der Zauberzweig?“

Die anderen stöhnten.

„Du warst doch heute bei der Versammlung, oder nicht?“, fragte Kalau. „Der Elfenkönig hatte den Zweig in der Hand. Dann hat er ihn der Fee gegeben. Dieser Zweig hat Macht, verstehst du?“

„Was denn für Macht?“

Kalau schüttelte den Kopf. „Weiß nicht genau. Er kann halt so Zeug … Was König Leandro gesagt hat, über das Menschenmädchen. Dass seine Familie es vergessen hat. Das hat er mit dem Zweig gemacht.“

„Aber Elfen können doch auch so –“

„Aber mit dem Zweig können sie einfach alles!“, rief Kalau. „Damit hast du die absolute Macht.“

„Und wozu wollt ihr die absolute Macht?“, fragte Knaster.

„Darüber denken wir nach, wenn wir den Zweig haben“, sagte Kalau. „Und der ist bei den Feen. Die sind winzig. Müsste alles ganz einfach sein.“ Er lächelte Knaster an. „Vor allem jetzt, wo du mitmachst.“

„Ja, wir hatten schon Angst, wir müssten dich verpfeifen“, sagte Kiwwel. „Deinen Eltern Bescheid sagen, mit wem du dich rumtreibst.“

„Die hätten dich glatt in die Menschenwelt verbannt. Und die Mutter von deinem hopsenden Freund hätte ihn sicher auch davongejagt“, meinte Kürkin. „Die mag Kobolde gar nicht.“

„Aber jetzt ist alles wieder gut“, sagte Kalau. „Du bist da, wo du hingehörst. Also, grübel mal schön. Was könnten wir mit dem Zauberzweig anstellen?“

Darüber musste Knaster nicht nachdenken. Er wusste ganz genau, was er mit dem Zweig machen würde. Er würde das Menschenmädchen zu seiner Mama schicken. Und dann würde er den dummen Streit zwischen den Zauberwesen und den Waldtieren ein für alle Mal beenden. Er würde dafür sorgen, dass sie sich nicht einmal mehr daran erinnern konnten. Aber das erzählte er seinen Koboldkumpels nicht.

Es war schon dunkel, als die drei langsam genug davon hatten, sich ihre neue Macht in allen Farben auszumalen. Dann endlich verabschiedeten sich die Kobolde und Knaster lief nach Hause.

Seine Eltern gaben vor, als merkten sie gar nicht, dass er da war. Wie alle Koboldeltern taten sie gerne so, als würden sie ihre Kinder nicht kennen. Sie starrten einfach an ihm vorbei in den Nachthimmel, von dem in dicken Tropfen Regen fiel.

Sie fragten auch nicht, was er vorhatte, als Knaster seine Bettdecke nahm und ein paar Sachen hineinlegte. Er knotete die Enden an einen Stock und warf ihn sich über die Schulter. Dann verließ er die Höhle unter den Wurzeln eines großen Baumes und stapfte in die Dunkelheit und die Nässe hinaus.

Bis Knaster beim Hasenbau ankam, triefte sein

kleiner Lendenschurz. Er fing an zu pfeifen. Es dauerte länger als sonst, bis Theodors Ohren aus dem Loch auftauchten. Verstört hoppelte er auf den Kobold zu.

„Was ist denn los? Spinnst du, hier mitten in der Nacht aufzutauchen? Meine Mama hätte dich hören können!"

„Das ist jetzt auch schon egal", sagte der Kobold. „Spätestens morgen erfährt sie sowieso alles." Er erzählte seinem Freund, was die drei Kobolde planten. „Und wenn ich nicht auftauche, werden sie hierherkommen."

„Das bringt denen nichts", sagte der Hase. „Ich komme nämlich mit."

Knaster blickte auf, und der Regen tropfte von den Haaren auf seinen Ohren. „Ehrlich?“

Der Hase nickte. „Wir sind doch Freunde, oder?“

Knaster grinste erleichtert. Natürlich hatte er gehofft, dass sein Freund sich ihm anschließen würde, aber er wusste auch, dass Theodor mehr zu verlieren hatte als er selbst. „Also, ich hab ebenfalls einen Plan gemacht“, sagte er. „Wir werden den Zauberzweig von den Feen stehlen!“

„Wenn’s weiter nichts ist“, sagte Theodor. Er sah aus, als würde er jeden Moment ohnmächtig werden. Schließlich schüttelte er sich und stellte die nassen Ohren auf. „Dann ist es jetzt wohl an der Zeit, dass ich mutig bin. Ein mutiger Hase. Ein tapferes Langohr. Ein furchtloser Hüpfer.“

„Mehr als das.“ Knaster holte Luft. „Wir werden Helden sein.“

Fast Freunde

Warum tust du nicht von meinem Kopf runterkommen?", fragte der Drache. „Du kannst doch auch auf dem Boden nachdenken."

„Für wie blöd hältst du mich?", fuhr Ariane den Drachen an.

Er saß geduckt zwischen dichten Nadelbäumen und Ariane kauerte zwischen seinen Ohren. Inzwischen waren sie beide nass. Es war dunkel und es regnete. Was war in diesem verflixten Zauberwald nur mit dem Wetter nicht in Ordnung?

Ja, sie waren immer noch im Zauberwald. Der Drache hatte Ariane nicht nach Hause gebracht. Denn mitten im Flug hatte Obligo etwas gesagt, was all ihre Hoffnungen zerstört hatte.

„Wohin soll ich dich bringen?", hatte er gefragt.

„Nach Hause!"

Fast hatte Ariane es gejauchzt. Sie war so glücklich gewesen: Sie hatte all diese Zauberwesen ausgetrickst und war ihnen entkommen. Obligo hatte ihre Verfolger abgeschüttelt und Ariane hatte sich gefühlt, als habe sie gewonnen, als sei sie frei. Doch dann –

„Zu Hause? Wo soll das sein?“, hatte der Drache nachgefragt.

„Na … das weißt du doch!“ Ariane duzte den Drachen, seit sie ihn beim Namen nannte. Immerhin musste er ihr jetzt gehorchen. „Bring mich dahin, wo du mich hergeholt hast.“

„Das hast du aber nicht gesagt. Du hast gesagt: Nach Hause. Und ein Zuhause hast du keines nicht. Der Elfenkönig hat es erklärt. Keiner denkt an dich. Keiner kennt dich. Nich mal deine Mama nich.“

Da hatte sie dem Drachen befohlen zu landen. Seitdem hockten sie auf dem Waldboden und versteckten sich.

Ariane versuchte nachzudenken. Leider half ihr der Drache nicht dabei. Er konnte oder wollte ihr nicht sagen, warum er sie entführt hatte.

„Die andern glauben, ich kann mir den Plan eh nicht merken tun!“, erklärte er. „Darum sagen die mir gar nix. Aber dann brauchen sie mich doch. Hol das Mädchen aus dem Steinbaum. Und ich mach es.“

„Aber warum?“, rief Ariane. „Der Elf hat gesagt, dass euch etwas gestohlen worden ist. Was ist das?“

Der Drache grunzte. „Mir is nix gestohlen worden.

Und jetzt hab ich Hunger. Fliegen wir zurück zu meiner Höhle. Der Braten ist längst fertig."

Ariane hatte genug Geschichten gelesen, um zu wissen, was zu tun war. Sie musste kämpfen. Sie musste einen Weg finden, ihr Zuhause zurückzubekommen. Sie musste zu diesem Elf gelangen und ihn zwingen, seinen Zauber rückgängig zu machen. Aber ganz allein gegen den Elfenkönig und alle Zauberwesen ... Wie sollte sie das anstellen? Der Drache war nicht auf ihrer Seite. Er gehorchte ihr nur, weil er es musste, nicht weil er sie mochte.

„Also, was ist?", riss er Ariane aus ihren Gedanken. „Könntest mir befehlen, dass ich uns 'n trockenes Plätzchen finde und Feuer mache", murrte er. „Könntest auch sagen, dass ich was zu essen auftreiben soll. Seh nicht, was daran schlecht sein tät."

„Stimmt", sagte Ariane. „Gute Idee!"

Der Drache hob den Kopf und verdrehte die Augen, als könnte er so einen Blick auf Ariane erhaschen. „Ja? Findest du? In echt?"

„Klar", sagte Ariane. „Das ist vielleicht sogar die beste Idee, die jemals jemand gehabt hat. Also, Obligo: Bitte bring uns irgendwohin, wo es warm ist.

Und wo uns niemand finden kann. Und dann kannst du Feuer machen und was zu essen besorgen. Aber du darfst unterwegs mit niemandem reden und weder mich noch unser Versteck verraten."

„Nu wart aber mal!", rief Obligo. „Da hast du dir ja genug einfallen lassen für ein ganzes Drachenleben. Das soll ich alles machen?"

Ariane lachte. „Du schaffst das bestimmt."

„Ich? Bin zu dämlich, einem Menschenmädchen nicht meinen Namen zu verraten." Der Drache erhob sich und sein Hals streifte die Wipfel der Nadelbäume.

„Ich finde nicht, dass du dämlich bist", sagte Ariane ehrlich. Sie duckte sich unter den Zweigen weg. „Und deinen Namen hast du mir auch nicht verraten. Das war der Maulwurf."

„Armer Sami. Hätte ihn nicht grillen sollen. Die andern ham schon recht. Ich bin dumm." Jetzt setzte er sich in Bewegung und stapfte durch den Wald.

„Warum sagst du das immer?", brummte Ariane. „König Leandros Auftrag hast du immerhin richtig ausgeführt. Da können deine Freunde doch froh sein."

„Freunde!", schnaubte Obligo und wich einem

Baum aus. „Das sin nich meine Freunde, die. Immer kommandieren sie mich rum. Kommen nur, wenn sie was brauchen, was die Riesen nicht können."

„Und warum machst du dann, was sie von dir wollen?", fragte Ariane. „Wegen des Tricks mit dem Namen?"

„Nö. Der funktioniert nur bei Menschen. Is 'ne Schwäche von vielen Zauberwesen."

„Ehrlich? Du meinst, die müssen alle gehorchen, wenn ein Mensch ihren Namen kennt?"

„Nö. Bei 'nem Einhorn musst du das Fell rund um das Horn streicheln. Dann macht es alles, was du willst. 'nem Riesen ziehst du am kleinen Zeh. 'ner Nixe pustest du ins Ohr. Bei Felsenfieslingen und Wolkenwesen, die sich an den Händen halten, um dir den Weg zu versperren, da musst du so 'n Rätsel lösen, dann lassen sie dich vorbei. Solche Sachen", erklärte der Drache.

Ariane saß stocksteif und versuchte, sich zu merken, was Obligo sagte. Sie konnte nicht fassen, dass es so leicht war, ihn zum Reden zu bringen. Ein paar Schmeicheleien und das Ungetüm wurde zahm wie ein Kätzchen.

„Wahnsinn", sagte Ariane überschwänglich. „Was du alles weißt!"

Der Drache kicherte. „Och, is gar nix, gar nix. Weiß doch jedes Kind."

„Aber wenn das mit dem Namen nicht funktioniert, warum gehorchst du dann König Leandro und den anderen? Du musst das doch nicht tun. Wenn sie nicht nett zu dir sind, dann vergiss sie."

„Hm", brummte er. „Wir sind empfindsam, wir Drachen. Wir mögen's nicht, wenn uns keiner mögen tut. Gibt nicht viele, die Drachen gernhaben."

Ariane war verblüfft. „Heißt das, du tust den anderen diese Gefallen, damit sie dich mögen? Aber das tun sie nicht! Und wenn sie dir –" Ihre Stimme ging im lauten Schluchzen des Drachen unter.

„Hast ja recht", heulte der Drache. „Aber was soll man machen? Man kann doch nicht immerzu allein in seiner Höhle hocken?"

„Wenn du willst", sagte Ariane, „dann können wir ja Freunde sein."

„Geht nicht", lenkte der Drache sofort ein. „Du bist ein Menschenmädchen."

„Na und?"

„Die anderen werden dich finden und dann sperren sie dich in den Wasserpalast. Und dann kommt die gestohlene Fee zurück und dann bist du wieder weg. Toller Freund! Nein-nein."

Ariane wusste nicht, was sie sagen sollte. Von wegen, die anderen hatten Obligo den Plan nicht verraten. Er hatte sie angelogen! Es hatte etwas mit einer Fee zu tun. Mit einer gestohlenen Fee! Wo war sie? Von woher musste sie zurückkommen, damit Ariane wieder nach Hause gehen durfte? Den Drachen konnte sie das nicht fragen. Er würde sonst merken, dass er ihr schon mehr erzählt hatte, als er durfte.

„Schade", sagte sie schließlich. „Ich hätte gern einen Drachen zum Freund gehabt. Es muss wunderbar sein, einen so großen und starken Freund zu haben."

Der Drache schnaubte und eine Flamme schoss in den Regen und die Dunkelheit. Eine Weile schwieg er und schien nachzudenken. „Können wir so tun, als wenn wir Freunde sind?", fragte Obligo dann. „So lange, wie du hier sein tust? Was meinst du?"

„Klasse", sagte Ariane. „Abgemacht, Obligo. Und jetzt sollten wir uns beeilen, dass wir ins Trockene kommen."

„Könnt natürlich fliegen", sagte er. „Aber dann sehen sie uns vielleicht. Ist gefährlicher als laufen." Während er das sagte, trampelte er einen jungen Baum nieder.

„Das ist schon in Ordnung, Obligo. Lass uns lieber fliegen. Wenn uns jemand verfolgt, entkommen wir ihnen. Du bist schneller als alle andern."

Vor Freude fing der Drache an zu summen. „Jaja, gut im Fliegen, das bin ich. Didididideldum. Ein Meisterflieger. Trallallahhlala. Jaja. Hehe."

Dann sprang der Drache auf und katapultierte sich in die Luft, ehe er die Flügel ausbreitete. Um Ariane zu zeigen, was für ein talentierter Meisterflieger er war, schoss er zwischen zwei Bäumen hindurch und stieg noch ein Stück höher.

„Wuuhhiiee!", rief er quietschvergnügt und flog im Zickzack.

Hätte Ariane auf dem Boden gestanden und den Flug des Drachen beobachtet, hätte sie seine Kunststücke sicherlich sehr bewundert. Aber sie stand nicht auf dem Boden. Sie saß auf seinem Kopf – und fing an zu rutschen. Sie versuchte, sich an den Schuppen festzuklammern. Da flog Obligo eine halsbrecherische Schraube. Und Ariane fiel. Die Luft schlug ihr ins Gesicht und ihr Fall schien ewig zu dauern. Sie landete auf einem Baumwipfel, dann auf

einem Ast. Und wieder fiel sie. Als sie endlich auf dem Waldboden aufschlug, landete sie auf einem großen, nassen Moospolster.

„Upsi!“, hörte sie eine durchdringende Stimme über sich. „Menschenmädchen? Ariane? Huhuuu! Hallo? Wo bist du denn? Hab dich fallen lassen, was? Tut mir leid, ehrlich! Wo steckst duhuuu?“

Ariane wollte Luft holen, um rufen zu können. Aber sie japste nur.

„AAAARIAAANEEE!“ Der Drache dröhnte immer noch lauthals über den Wipfeln, entfernte sich dabei aber mehr und mehr.

„Hiiier“, hauchte sie. Aber sie konnte sich selbst kaum hören.

„Endlich hab ich mal einen Freund“, schniefte Obligo weiter weg. „Und dann verlier ich ihn gleich wieder. ’s is nich gerecht, isses nich! Mädchen, sag doch was. Wo bist du denn? Huhuuu!“

Ariane setzte sich auf und atmete ein. Mühsam rappelte sie sich auf und rieb sich den schmerzenden Rücken. „Obligo!“, rief sie, doch es war nicht laut und der Drache war weg. Wie lange würde er wohl noch nach ihr suchen, bis der Hunger zu groß wurde und er lieber nach Fressen als nach Freunden Ausschau hielt?

Da vernahm Ariane eine sanfte Stimme hinter sich: „Das klingt nach Mensch. Das riecht wie Mensch." Ariane drehte sich um und sah sich einem Wolf gegenüber. „Ich frage mich", sagte er, „wird es nach Mensch schmecken?"

Die verlorene Schwester

Es hatte vor drei Tagen, an einem ganz gewöhnlichen Samstagmorgen, angefangen. Bis dahin hatte alles noch gestimmt. Erik war aufgestanden, hatte sich die Zähne geputzt, war in die Küche gegangen und hatte seinem Vater und Linda einen guten Morgen gewünscht.

„Wo ist denn Arianes Teller?", fragte Erik. „Hat sie etwa schon gefrühstückt?"

Von hier an war plötzlich alles ungewöhnlich.

Sein Vater sah Erik komisch an. „Wer ist Ariane? Eine Spinnenart?"

Erik lachte. „Möglich. Aber meistens sieht sie aus wie ein zehnjähriges Mädchen. Schläft sie noch?"

Auch Linda blickte von der Zeitung auf. „Wer denn?"

„Deine Tochter", sagte Erik. „Die wirst du kaum vergessen haben."

Aber das hatte sie offenbar und sein Vater auch. Nachdem keiner der beiden zugeben wollte, dass sie Erik auf den Arm nehmen wollten, rannte er in Arianes Zimmer. Doch da standen plötzlich ein Schreibtisch und jede Menge Bücherregale und Aktenschränke.

„Ich hab's nicht so gern, wenn du in meinem Arbeitszimmer spielst", rief ihm Linda nach. „Das weißt du doch. Da liegen überall Unterlagen und Skizzen rum. Warum –"

„Was soll das?", brüllte Erik. Er lief in die Küche zurück. „Ist das ein blöder Witz? Oder wollt ihr mich bestrafen?" Sein Gesicht hellte sich auf. „Das ist so ein psychologischer Trick, richtig? Um mir zu zeigen, wie es ohne sie wäre. Dass es viel schöner ist, wenn sie da ist. Stimmt's? Gut, gut, ich hab's kapiert." Er blickte sich suchend um. „Komm raus, dann geb ich dir dein Stofftier zurück. Tut mir leid, dass ich's genommen hab. Ehrlich!"

Es tat ihm wirklich leid. Alles tat ihm leid. Es war bestimmt seine Schuld. Wie war es sonst möglich, dass ein kleines Mädchen von einem Tag auf den anderen einfach so verschwand?

Erik rief Arianes Klassenlehrerin an. Dann besuchte er ihre Freundinnen. Er wusste, dass Ariane mit ihnen mittwochs zum Ballett ging.

„Wisst ihr, wo sie ist? Ist sie bei einer von euch?", fragte er die Mädchen. „Sagt mir wenigstens, dass ihr sie kennt. Dass ihr wisst, wer Ariane ist."

Aber sie sahen ihn nur mit großen Augen an. Als er anfing zu weinen, liefen die Mädchen davon.

Seitdem verstand Erik die Welt nicht mehr. Die letzten beiden Tage hatte er sein Zimmer nicht verlassen und das würde er auch heute nicht tun. Seit Stunden lag er auf dem Bett und dachte an Ariane. Er wusste, dass er nicht träumte. Also musste er wohl wahnsinnig geworden sein. Erik konnte sich auch nicht einreden, dass es Ariane nicht gegeben hatte. Zu deutlich sah er die dunkelblauen Augen vor sich, das schwarze Haar und hörte ihre Stimme. *„Erik, nicht! Gib das her. Hör auf! Lass mich in Ruhe! Mamaaa!"*

Auf dem Schrank in seinem Zimmer hatte er Doktor Wurm gefunden. Und unter seinem Bett lagen ihre Märchenbücher. Er hatte sie seinen Eltern zeigen wollen, weil Ariane auf die ersten Seiten geschrieben hatte: *Dieses Buch gehört Ariane Fameck.*

Aber als er die Bücher aufschlug, stand in jedem sein eigener Name. *Erik Magnussen.* Da hatte er aufgegeben. Was hätte er sonst machen sollen?

Nicht einmal seine Insektensammlung lockte Erik noch aus dem Bett. Alles war eine Lüge. Die ganze Welt war eine Lüge. Schon möglich, dass die Wespe

in dem linken Einmachglas in seinem Regal eine Schlupfwespe war. Aber vielleicht wachte Erik morgen auf und es gab gar keine Wespen mehr, hatte nie welche gegeben. Schließlich konnten sich auch zehnjährige Mädchen in Luft auflösen. Natürlich sah die Spinne in dem Glas daneben aus wie eine Kreuzspinne. Aber morgen konnte sie eine Tarantel sein. Man konnte sich auf gar nichts verlassen.

Zwei Insekten in den Gläsern hatte Erik noch nicht einmal identifiziert. Er hatte sie gefangen, bevor Ariane verschwunden war. Das eine war aller Wahrscheinlichkeit nach die Larve einer Libelle. Er hatte sie im Teichwasser entdeckt. Aber er wusste nicht, ob es die einer Mosaikjungfer war. War ihm jetzt auch egal. Das andere Insekt hatte er noch nie gesehen. Wohl auch eine Libelle. Ihre Flügel funkelten in allen Farben. Auch egal. Normalerweise hätte Erik das spannend gefunden. Heute hatte er sich dazu zwingen müssen, den Tieren überhaupt frisches Wasser und Futter zu geben.

„Wo bist du?“, flüsterte er. „Wo bist du nur, Ariane?“

In dem Moment klopfte es an der Tür.

„Ja?“, brummte er.

„Darf ich?“, fragte Linda und kam herein. „Ich hab dir belegte Brote gemacht, falls du Hunger kriegst.“

„Danke.“

„Es liegt an mir, oder?“, fragte sie mit gepresster Stimme. „Daran, dass dein Vater und ich zusammengezogen sind.“

„Nein.“

Jetzt drehte Linda sich zu ihm um. Er konnte sehen, dass ihre Augen rot waren. „Ich verstehe, dass das schwer für dich ist“, sagte sie. „Aber –“

„Es liegt nicht an dir!“, rief Erik. „Wie oft muss ich das noch sagen? Ich mag dich! Ich mag dich. Ich wohne gerne mit euch zusammen. Aber etwas stimmt nicht. Jemand fehlt. So war es nicht von Anfang an. Du hast eine Tochter! Ariane.“ Er stieß den Namen voller Verzweiflung aus.

„So hieß meine Großmutter“, sagte Linda. Sie lächelte traurig. „Aber sie hat nie hier gewohnt. Sie ist vor deiner Geburt gestorben. Warum machst du das nur, Erik?“

Er schwieg und sah Linda nachdenklich an. Offenbar konnte sie ihm bei seinem Problem nicht helfen. Aber er ihr bei ihrem. „Entschuldige. Du hast recht“, seufzte er. „Ich hab ein bisschen gesponnen.“ Er grinste. „Die Hitze wahrscheinlich.“

Linda blinzelte. „Ja? Dann … dann versuchen wir es noch mal?“

Erik stand von seinem Bett auf, trat auf sie zu und streckte ihr die Hand entgegen. „Einverstanden“, sagte er.

Sie lächelte und es gab ihm einen Stich ins Herz. Sie hatte keine Ahnung, dass sie bis vor wenigen Tagen eine Tochter gehabt hatte. Sie strahlte und sah aus, als wäre ihr eine riesige Last vom Herzen gefallen.

„Danke“, sagte sie. In der Tür blieb sie noch einmal stehen, als wollte sie noch etwas hinzufügen. Dann ging sie aber hinaus und machte sie hinter sich zu.

Erik blieb vor den Einmachgläsern mit den Insekten stehen. Die Larve würde er aussetzen. Sie würde bald schlüpfen und eine Libelle werden.

„Keine Ahnung, was du bist“, sagte er zu dem Wesen daneben. „Aber ich werd’s rausfinden. Dann kannst du wieder in den Wald.“

Das Insekt flog mit erstaunlicher Kraft gegen die durchsichtige Wand seines Gefängnisses.

„Ist ja gut", sagte Erik und blickte auf den Haufen von Arianes Büchern auf dem Boden. Die Libelle flog wieder gegen das Glas. „Ja", sagte Erik. „Ich weiß, wie du dich fühlst."

Der Zauberzweig

Kinderspiel", sagte Knaster.

„Klar", stimmte Theodor ihm zu. „Kennst du Kinder? Dann müssen wir nämlich nicht selbst diesen irren, völlig unmöglichen, grauenhaft schlechten Witz von einem Plan durchziehen."

Der Kobold hob die Schultern. „Der Plan ist doch von dir."

„Deshalb weiß ich ja, wie schlecht er ist!", rief der Hase.

Er schaute wieder in das Tal hinunter. Dort lag das Feendorf. Wenn die drei Kobolde recht hatten, befand sich dort unten der Zauberzweig des Elfenkönigs. Große Bäume mit runden Kronen standen auf einer Wiese. Jeder trug andere Früchte, die weder der Hase noch der Kobold je gesehen hatten. Gleichzeitig schmückten unzählige Blüten in Rosa und Weiß die grünen Zweige. Zwischen den Bäumen flogen wie bunte Bienen die Feen herum. Sie schleppten Körbe voller Obst oder erdfarbene Krüge und machten in der Luft halt, um

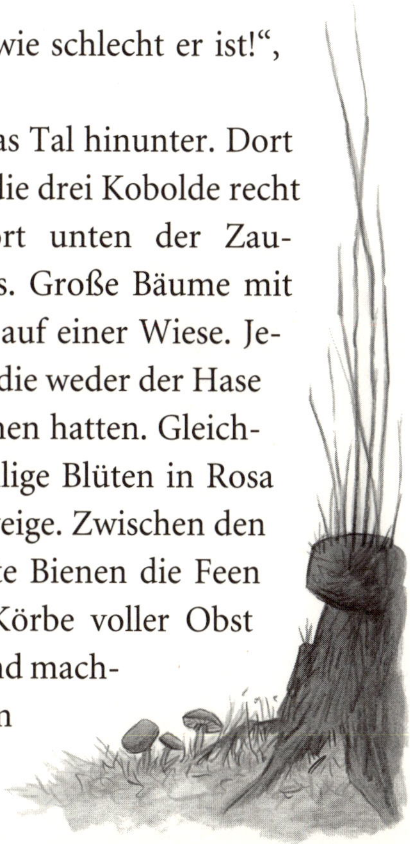

miteinander zu plaudern, ehe sie in ihre Häuschen schwebten. Diese Häuschen hingen an geflochtenen Seilen in den Baumkronen. Sie sahen aus wie Bälle aus gebogenen Weidenästen und hatten runde Löcher als Fenster und Türen.

„Ist dir aufgefallen, dass es keine Brücken gibt?“, flüsterte Theodor.

„Wozu auch? Sie haben ihre Flügel“, entgegnete Knaster.

„Ja, aber das ist doch unhöflich. Was, wenn sie mal Besuch haben?“

„Oder wenn ein Hase und ein Kobold kommen, um ihnen den Zauberzweig zu stehlen“, ergänzte Knaster.

Theodor kicherte. „Tja, daran haben die wohl nicht gedacht.“

„Vielleicht sollten wir es ihnen sagen“, meinte Knaster grinsend. „Hallo, wir sind Knaster und Theodor. Wir würden euch gerne den Zauberzweig klauen, aber wir wollen uns keine nassen Füße holen und herumflattern wie ihr können wir leider auch nicht.“

„Hihi. Vielleicht fliegen sie uns ja über den Fluss.“

„Oh ja. Und dann drücken sie uns den Zauberzweig einfach in die Hand“, sagte Knaster. Er wischte sich mit dem Handrücken die Stirn ab. „Vielleicht packen sie uns auch noch Reiseproviant ein."

„Klasse Idee", meinte der Hase. „Ich hab nämlich Hunger."

Der Kobold atmete tief ein, bis er sich wieder beruhigt hatte. „Gut", sagte er dann. „Zwei Dinge. Erstens: Wir halten uns an deinen Plan. Er ist vielleicht schlecht, aber wir haben keinen besseren. Zweitens: Wie kannst du hungrig sein? Im Feenland gibt es die fettesten Wiesen im ganzen Zauberwald. Warum frisst du nicht einfach diese Gräser hier?"

Theodor rümpfte die Nase. „Ich bin ein Hase", sagte er. „Keine Kuh."

„Du bist verzogen", grunzte der Kobold und schwang sich über einen Baumstamm. „Das ist das Problem an der Sache. Tut dir ganz gut, dass du dich mal mit der rauen Wirklichkeit rumplagen musst. Sieh dir mich an. Meckere ich etwa rum? Nein. Ich –"

„Denkst du, ich hab nicht gesehen, dass du Trockenfliegen gefuttert hast?", schimpfte Theodor. „Immer, wenn du so getan hast, als würdest du gähnen, hast du dir eine Handvoll ins Maul gekippt."

Knaster konzentrierte sich auf seine Füße. „Und wennschon. Ich hätte dir ja welche angeboten, aber die frisst du auch nicht“, meinte er würdevoll. „Ich respektiere deine Ernährungsgewohnheiten. Außerdem ist es nur gut, dass du schlank bist. Immerhin musst du gleich Haken schlagen, um die Feen abzulenken, während ich den Zauberzweig klaue.“

Sie kletterten unter dichten Beerenhecken durch und mussten sich immer wieder gegenseitig befreien, wenn sie hängen blieben.

„Äh … Knaster?“

Der Kobold zupfte ein paar Dornen aus seinem Lendenschurz und wandte sich zu seinem Freund um. Einen Augenblick lang starrte er ihn verdutzt an. Dann –

„Hör auf zu lachen, du stinkiger Fliegenfresser!“, rief Theodor erbost. „Mach mich lieber los.“

Der Hase hatte sich heillos im Gestrüpp verfangen. Er war verschnürt und zusammengequetscht wie ein Paket.

„Nicht zu fassen“, sagte Knaster. „Das ist ja wie damals, als wir uns kennengelernt haben! Nur hast du dich selber besser gefangen, als jeder Kobold das geschafft hätte.“

Knaster griff nach der Ranke, die Theodors Ohren festhielt, und zog daran. Mit dem Fuß trat er den

Dornenzweig beiseite, der sich um das Hinterteil seines Freundes geschlungen hatte.

„Das verdammte Ding geht nicht ab", knurrte der Kobold. „Augenblick mal." Die Ranke rutschte über die Ohren und den Kopf und legte sich stattdessen um den Hals des Hasen.

„Viel besser", keuchte Theodor. „Vorher konnte ich nichts hören, jetzt kann ich nur nicht mehr atmen!"

„Jaja, warte doch. Ich war noch nicht fertig." Knaster kletterte auf seinen Rücken und zerrte an dem langen Zweig. „Beweg dich endlich, du blödes Teil!", rief er.

In dem Moment fiel ihm auf, dass er von drei Feen beobachtet wurde. Er blieb breitbeinig auf dem Rücken des Hasen sitzen und blickte sie unverwandt an. Ganz langsam ließ er die Hände sinken. Gleichzeitig zog er die Winkel seines Mundes in Richtung Ohren und entblößte seinen zahnlosen Kiefer.

Kobolde werden nämlich mit Gebiss geboren, weil sie als Babys Rinde fressen. Später verlieren sie die Zähne und bekommen erst wieder welche, wenn sie alt sind. Knaster war sich jetzt sicher, dass er das nicht mehr erleben würde. Die Feen würden ihn bestimmt vorher in den blauen Fluss werfen, der sich

um ihr Dorf schlängelte. Was sie mit seinem Freund machen würden, wollte er sich lieber nicht mal ausmalen. Feen hassten Waldtiere. Sie würden Theodor gewiss das Fell über die Ohren ziehen und ihn über dem Lagerfeuer grillen.

„Ist das ein Kobold?“, fragte eine Fee. „Sitzt er auf einem Hasen?“

„Ja“, hauchte eine andere Fee. „Ich glaube, ich sehe nicht richtig.“

„Er ist es. Er muss es sein“, sagte die dritte und zwinkerte Knaster zu. „Vielleicht nur ein Kobold. Aber ein Bote der Elfen und ein wahrer Held. Er hat das wilde Tier bezwungen. König Leandro hat nicht übertrieben.“

„Guten Tag“, sagte die erste Fee. Sie trug ein rosa Kleidchen. „Dürfen wir … Erlaubt Ihr uns, Euch zu unserer Schwester Morgenröte zu führen?“

Knaster kniff sich unauffällig in den Hintern. „Au! Ich meine, ja. Erlaube ich, gnädige Feenfräuleins.“ Es war kein Traum. Die Fee hielt ihn tatsächlich für irgendeinen Boten. Und sie hatte ihn einen Helden genannt!

„Er hat Fräulein gesagt“, meinte die im blauen Kleid. „Ist der süß! Für einen Flügellosen.“

„Äh … mein … Reittier steckt hier nur ein bisschen fest“, erklärte Knaster.

Ohne ein weiteres Wort streichelte eine Fee über den Ast und die Ranken fielen von dem Hasen ab – nur die um seinen Hals nicht.

Knaster musste sehr verdutzt aussehen, denn die Feen kicherten und dann schwebten sie auf das Dorf zu. Knaster wusste nicht recht, was er tun sollte. Also presste er die Fersen in Theodors Bauch. „Lauf, Hoppler!“, rief er.

„Mach das noch mal und ich werf dich ab und beiß dir in die Zehen“, zischte der Hase leise. „Uff, Mann, bist du schwer. Bis da runter schaff ich’s nie“, keuchte er, aber er folgte den Feen.

Die Fee im rosafarbenen Kleid wartete am Fluss

auf Knaster. „Welch ein majestätischer Anblick", sagte sie. Auf einen Wink ihres Zauberstabes führte eine Regenbogenbrücke über den Fluss. „Wie habt Ihr es geschafft, dieses Tier Eurem Willen zu unterwerfen? Ich habe gehört, es hat Krallen und Zähne."

„Und kräftige Hinterläufe", fügte der Kobold hinzu. Unsicher blickte er nach unten, als sie den Fluss überquerten, aber der Regenbogen hielt ihr Gewicht aus. „Äh … ja, das war … war alles gar nicht so einfach." Dafür, dass Kobolde eigentlich nicht lügen konnten, schlug er sich in letzter Zeit nicht schlecht. „Ich habe mir extra eine Falle ausgedacht, müssen Sie wissen. Das war nämlich so … Stellen Sie sich ein Netz vor, das auf dem Boden liegt und mit Laub und …"

Knaster erzählte seine Geschichte, bis sie im Dorf ankamen. Dort flatterten sofort zwei Dutzend Feen auf sie zu.

„Willkommen!", rief die Fee, die der Kobold bei der Versammlung als Sprecherin gesehen hatte. Das war also Schwester Morgenröte. „Ich hatte nicht so schnell mit Euch gerechnet, werter Bote des Elfenkönigs Leandro. Soweit meine Erinnerung zurückreicht, seid Ihr der erste Kobold, der uns im Feental besucht."

„Tja, ähm …“ Knaster wusste nicht, was er sagen sollte. „Es ist mir eine Ehre –“

„Wir sollten uns beeilen“, unterbrach Morgenröte ihn. „Ihr bindet Euer Tier besser an, meint Ihr nicht? Ehe es noch jemanden auffrisst.“

Knaster kletterte rasch von Theodors Rücken. Er zog den Hasen zu einem der Bäume und befestigte ein Ende der Ranke mit einem Knoten am Stamm.

„Tut mir leid, Kumpel“, flüsterte er. „Keine Ahnung, was hier vorgeht. Wenn dir eines von den Biestern zu nahe kommt, schlag einfach aus.“

Theodor zuckte mit einem Ohr zum Zeichen, dass er verstanden hatte.

„Kommt Ihr?“, rief die Fee Morgenröte ungeduldig und wandte sich an die Feen, die Knaster und Theodor zuerst begegnet waren. „Tragt unseren Gast nach oben.“

Knaster kreischte, als die Feen seine Arme schnappten und mit ihm aufflogen. Unsicher kletterte er in das schwankende Korbhäuschen und blickte sich um. Er sah ein Bett aus Blättern, einen Pilztisch, der mit Nussschalen gedeckt war, und in einer Ecke eine Glockenblume, die mit Wasser gefüllt war. An den Wänden hingen verschiedene Dinge, die Knaster nicht kannte. Einige wirkten wie Schmuck, wie Ketten und Ringe. Eine geschlossene Muschel lag auf dem Boden.

„Nehmt Platz“, sagte Morgenröte. Sie wurde rot. „Wir hatten … jemand anderen erwartet. Jemanden, der … Aber Ihr reitet ein Zauberwaldtier. Nie habe ich von etwas Ähnlichem gehört. Ein großer Triumph … Nun, kommen wir gleich zur Sache.“ Sie holte etwas aus der Muschel und reichte es Knaster. Es war ein mit Blättern umhülltes Päckchen. „Hier ist er“, sagte sie. „Schade, dass er nicht funktioniert hat. Wir konnten unsere Schwester nicht erreichen. Vielleicht war meine Magie zu schwach. Wenn nicht einmal König Leandro es schafft, sie über die Weltengrenze zu erreichen ...“

Knaster räusperte sich. „Gut, dann machen wir uns … ich mich wieder auf den Weg. Höchste Zeit. Der Elfenkönig wartet.“

„Natürlich“, sagte Morgenröte und rief die drei Feen.

Knaster klemmte sich das Bündel unter den Arm und die Feen brachten ihn zurück auf den Boden.

„Unser Freund wünscht, sofort aufzubrechen“, sagte Morgenröte laut, damit es alle Feen hören konnten, die sich um sie herum versammelt hatten. Einzelne Blütenblätter rieselten von den Bäumen wie bunter Schnee. „Er mag nur ein Kobold sein, aber er ist unser Verbündeter und ein Bote der Elfen. Verabschieden wir ihn in Ehren.“

Knaster band Theodor los. Behutsam krabbelte er auf seinen Rücken.

„Wir hoffen, Euch als unseren Gast wiederzusehen, wenn die Zeiten besser sind und der Anlass ein guter“, sagte Morgenröte und tippte sich mit dem Zeigefinger auf die Nase. Die anderen Feen taten es ihr gleich.

Knaster fuhr sich ebenfalls mit dem Finger an die Nase. Die Feen schienen zufrieden. Langsam hoppelte Theodor aus dem Dorf, über die Regenbogenbrücke und den Hügel hinauf Richtung Wald.

„Unverschämtes Pack!“, knurrte Theodor böse, als sie am Waldrand angekommen waren. „Wie können sie es wagen! Feen! Hochnäsige Schnepfen! Haben mich an den Barthaaren gezupft, als du weg warst. Eine hat mich mit einem Ast gepikst … Ja, du findest alles fein“, meinte er. „Dich haben sie einen Helden genannt. Bestimmt haben sie dir zu essen gegeben.

Ein Geschenk hast du jedenfalls bekommen, wie ich sehe.“

Knaster blickte sich um. Die Feen waren nur noch als bunte Tupfer im Tal zu erkennen. Schnell stieg er ab und befreite seinen Freund von der Dornenranke. Dann riss er das Päckchen auf. Er hielt den Atem an.

„Hör auf, dich zu beschweren“, sagte er zu Theodor. „Das Geschenk ist für uns beide.“

Der Hase starrte missmutig auf das Päckchen. Doch dann wackelte er ungläubig mit dem Kopf. „Ist es … ist das etwa … es kann doch nicht … oder doch? Nein. Oder? Sag schon.“ Bei jedem Wort ging ein anderes seiner Ohren in die Höhe.

„Der Zauberzweig“, sagte Knaster. „Wir haben’s geschafft, Kumpel. Du und ich, ein Kobold und ein Hase – wir sind unschlagbar! Und du warst fantastisch, einfach großartig. Wie du alles ausgehalten hast. Ausgezeichnet. Richtig gefährlich hast du ausgesehen!“

Theodor putzte verlegen seine Ohren. „Och, ich doch nicht. Gefährlich? Echt?“

Der Kobold nahm den Zweig vorsichtig in die Hand und hielt ihn hoch. Staunend betrachteten sie ihn eine Zeit lang. Schließlich

räusperte sich Theodor: „Macht nicht viel her, das Teil, oder?“

„Nah, is nur ’n Stock. Nicht sehr spannend.“

Er reichte ihn an den Hasen weiter und kramte noch mal in dem Bündel. Dann hellte sich sein Gesicht auf. „Das Beste kommt zum Schluss“, sagte er. „Proviant ist auch mit drin.“

Doktor Wurms Vertretung

Elvira drehte ihren Kopf zur Seite, hielt ihren Blick aber jede Sekunde auf Arianes Gesicht gerichtet. Es regnete noch immer und das graue Fell der Wölfin troff vor Nässe. Sie machte einen Schritt auf das Kind zu und war überrascht, als es nicht weglief.

Wie klein das Mädchen noch war! Mit bloßen Füßen lief es über die feuchten Blätter des Waldes. Dafür waren Menschen nicht gemacht. Die Wölfin kam noch näher. Das Mädchen blieb stehen, machte aber die Augen zu. Seine Arme hingen zu beiden Seiten schlaff herunter. Es würde sich nicht verteidigen. Anscheinend wollte es nicht einmal versuchen, gegen ein wildes Tier zu kämpfen. Sehr vernünftig.

Noch ein Schritt der weichen Pfoten und die Schnauze der Wölfin berührte Arianes Hand. Sie öffnete ihren gewaltigen Kiefer mit den spitzen Zähnen und leckte die Finger ab.

„Schmeckt nach Mensch“, sagte sie zufrieden.

Das Mädchen sprach endlich: „Werden Sie … werden Sie mich fressen?“

„Ich glaube kaum“, sagte Elvira. „Du bist

wertvoll. Alle suchen dich. Und mir läufst du über den Weg. Das Glück der Wölfe, nicht?“

Das Mädchen sah nicht aus, als wäre es besonders glücklich.

„Kann ich Sie etwas fragen?“, erkundigte es sich zaghaft.

Die Wölfin schwieg und wartete.

„Warum suchen mich alle?“

„Wir wissen es nicht“, sagte Elvira sanft. „Wir wissen nur, dass die anderen dich haben wollen. Sie haben dich entführt. Der Drache hat es getan.“

Ariane nickte. „Das ist mir auch aufgefallen. Aber warum?“

„Du musst wichtig sein“, fuhr die Wölfin fort. „Für die Fantastischen bist du es. Darum bist du es auch für uns.“

„Können Sie mich nicht einfach gehen lassen?“

Elvira blickte sich im dunklen Wald um. „Gehen? Wohin? Du kannst den Zauberwald nicht verlassen. Nicht du, Menschenmädchen. Nur wer aus freien Stücken kommt, kann aus eigener Kraft wieder gehen.“

„Dann komme ich nie wieder nach Hause?“

„Nur wenn du gebracht oder geholt wirst“, sagte die Wölfin. „Willst du so lange hier stehen und warten?“ Sie lächelte. „Komm mit ins Trockene. Wie die Pläne der Fantastischen auch aussehen, du hast sie schon durchkreuzt. Kannst ebenso gut im Warmen sein und satt.“

Ohne ein weiteres Wort wandte sich die Wölfin um und lief tiefer in den Wald. Ariane blickte sich um. Dann folgte sie dem Wolf. Sie wusste selbst nicht, warum sie dem Tier vertraute, aber sie tat es.

„Darf ich Sie noch etwas fragen?“, rief sie, als sie dem Wolf bergauf durch die Dunkelheit nachging. Sein graues Fell glänzte zwischen den Bäumen wie eine helle Wolke am Nachthimmel. „Wie ist Ihr Name? Oder dürfen Sie mir den nicht verraten, weil Sie dann vielleicht –“

„Elvira“, sagte das Tier. „Und ehe du die nächste Frage stellst, um noch eine Frage stellen zu dürfen: Ich bringe dich in meinen Bau.“

„Haben Sie Familie?“, fragte Ariane, der plötzlich ein Bild von vielen kleinen Wolfswelpen durch den Kopf schoss.

„Nein“, sagte die Wölfin knapp. „Aber eine Mitbewohnerin. Lukretia.“

Ariane musste an Doktor Wurm denken – ihren Mitbewohner. Wie gerne sie jetzt bei ihm wäre! Stattdessen folgte sie einer Wölfin nachts bei strömendem Regen durch einen Zauberwald.

„Was passiert, wenn wir in der Höhle sind?“, fragte Ariane.

„Ich hatte vergessen, wie viel ihr Menschen redet. Nun, du wirst vermutlich etwas essen. Und dann schlafen. Ich gehe wieder auf die Jagd.“

„Und morgen?“

Elvira seufzte. „Morgen? Morgen wird sein, was morgen ist. Noch ist nicht morgen. Ich kann das Fleisch nicht fressen, ehe ich die Beute erlegt habe. Wir sind da. Hier ist es.“

Der Bau der Wölfin war in einen Hügel gegraben. Der Eingang sah aus wie ein einfaches Erdloch, aber im Inneren sah Ariane –

„Glut. Eine Feuerstelle!“

„Natürlich“, sagte die Wölfin. „Denkst du, ich will mir den Pelz abfrieren? Geh rein, mach schon.“

Das Mädchen und die Wölfin krochen durch den engen Eingang. Elvira lief sofort zur Feuerstelle. Sie pustete und trat mit den Hinterläufen Holzscheite ins Feuer. Es loderte auf, erfüllte den Bau mit Licht und warf seltsame Schatten an die Wände. Im Halbdunkel erkannte Ariane ein Lager aus Stroh. Außerdem einen Steinhaufen und ein paar Baumstämme.

„Auf dem Baumstamm dort hinten liegen Nüsse, Beeren und Äpfel. Ich würze mein Essen gerne damit. Aber du kannst sie haben. Schlafen kannst du da drüben“, sagte die Wölfin und nickte zu dem Strohlager hinüber. „Das da ist zum Zudecken. Ihr habt ja nicht viel Fell, ihr Menschen.“ Auf einem der Steine lagen braune Wolldecken. „Ich sehe Lukretia nicht. Vielleicht schläft sie. Wenn du ihr begegnest, erschrick nicht.“

„Aber –“

„Ich muss jetzt los. Die Nacht ist kurz.“

Damit wandte sich die Wölfin um und lief aus dem Bau.

Seufzend ließ Ariane sich am Feuer nieder. Sie hatte die Wölfin noch so vieles fragen wollen. Elvira hatte gesagt, die Fantastischen hätten Ariane entführt. Damit war die Wölfin also keine von ihnen. Ariane kam es fantastisch genug vor, dass eine Wölfin reden konnte. Aber auch der Maulwurf, den Obligo gegrillt hatte, hatte sprechen können.

Sie wickelte sich in eine der Wolldecken und biss in einen Apfel. Dabei blickte sie sich um. In einer Ecke sah sie einen ausgehöhlten Stein, in dem Wasser stand. Durstig stand sie auf, kniete davor nieder, schöpfte Wasser und trank aus den Händen.

„Sssson sssatt?“, zischte eine Stimme. Sie schien direkt aus dem Steinhaufen zu kommen. „Hassst von meinem Badewasser getrunken. Und Elvirasss Esssen gefuttert. Warum tussst du dasss? Welchesss Gesssöpf issst ssso dumm, sssich in unssseren Bau zsssu wagen? Weissst du nicht, wer wir ssssind, Mensssenmädchen?“

„Lukretia?“, rief Ariane. „Elvira hat mir von Ihnen erzählt. Ich … Sie müssen geschlafen haben, als wir gekommen sind. Ich bin ein Gast von Elvira.“ Während sie sprach, suchte Ariane nach der anderen Wölfin. So sehr sie sich anstrengte, sie entdeckte kein Versteck.

„Ein Mensss zsssu Gassst?“, fragte sie. „Mensssen kommen nicht zssu Gassst. Nicht zssu Wölfen, nicht zssu …“ Ein Kopf an einem langen Hals tauchte zwischen den Steinen auf und stieg nach oben, aber ihm folgten keine Schultern, kein Oberkörper und keine Beine. „… Ssslangen.“

Die winzigen Augen der Schlange funkelten im Schein des Feuers. „Oder möchtessst du widersssprechen? Sssind nicht gerade Freunde, ihr und wir.“ Sie glitt auf dem Lehmboden näher an Ariane heran. Die wich vorsichtig einen Schritt zurück.

„Ich habe nichts gegen Schlangen“, sagte Ariane sofort. „Warum auch? Sie sind großartig. Meisterwerke der Natur“, schmeichelte sie. Was bei dem Drachen funktioniert hatte, brachte sie vielleicht auch bei der Schlange weiter. „Ich ... äh ... habe ein Stofftier, das eine Schlange ist.“ Im Geiste bat sie Doktor Wurm um Verzeihung. „Es ist mein liebstes Stofftier überhaupt. Ich kann nur schwer ohne ihn einschlafen.“

„Ihn?“

„Doktor ... einfach Doktor.“

„Wir haben gehört, dasss ihr Menssenkinder Ssstofftiere habt.“ Die Schlange senkte den Kopf. „Aber nicht, dasss esss Ssslangen sssind. Ein liebesss Mädchen bissst du. Ohne Zssweifel. Hassst Ssslangen gern, ja? Findessst unsss sssön?“

Ariane nickte eifrig. „Wunderschön. Allein die Zeichnung auf Ihrem Rücken, das Schimmern Ihrer Haut – toll! Sie haben bestimmt viele Bewunderer. Wie geschmeidig Sie sich bewegen.“

„Willsssst du mich anfasssen?“

„G-gerne. W-wenn ich darf.“

Ariane schluckte, kniete sich auf den Höhlenboden und streckte die Hand aus. Die Schlange schmiegte sich in ihre Handfläche. Sie war ganz glatt und warm. Das Feuer nahe dem Steinhaufen hatte sie offenbar gewärmt. Tatsächlich war das Spiel des Lichts auf den schwarzbraunen Schuppen schön. Es hatte etwas Beruhigendes. Arianes Augen wurden schwer. Immerzu bewegte sich die Schlange. Ihr langer Körper bildete Formen, die Ariane in ihren Bann zogen. Sie gähnte.

„Ich hab noch nie eine echte Schlange angefasst“, murmelte sie.

„Ich hab mich auch noch nie von einem Mensssen anfasssen lasssen.“

„Was für eine Art sind Sie eigentlich, wenn ich fragen darf?“

„Lukretsssia issst mein Name, Ässskulapnatter meine Art.“

„Oh“, sagte Ariane. „Ich glaube, ich habe von Ihnen gehört. In meiner Welt sind Sie ein Symbol für …“ Schläfrig sah sie einen langen Stab vor sich, um den sich eine Schlange ringelte. Und eine Apotheke. „… für Heilkraft.“

„Wie sssmeichelhaft.“ Jetzt schlang sie sich um Arianes Unterarm. „Du bissst müde, Mensssenmädchen.“

„Ariane.“

„Ariane“, wiederholte die Schlange. „Du sssollst ssslafen. Lukretsssia passst auf dich auf.“ Die Schlange kroch hoch und legte sich um Arianes Schultern. „Komm zum Ssstrohlager.“

Ariane gehorchte. Sie zog die Decke enger um sich und fühlte, wie es sich die Schlange an ihrem Hals bequem machte.

„Ich passse auf“, versicherte Lukretia ihr.

Ihre gleitenden Bewegungen waren ein Streicheln auf der Haut, wie die Hand ihrer Mutter. Mit einem Mal war Ariane zu Hause, ihre Mama deckte sie zu, und Doktor Wurm war in ihrem Arm.

„Gutesss Mädchen“, sagte Lukretia. „Sssslaf. Ich wache über dich.“

„Sind Sie eigentlich giftig?“, fragte Ariane müde.

„Aber ja“, antwortete Lukretia in beruhigendem Tonfall. „Tödlich.“

Der Feigling und der Dieb

Und ich sag dir, du hältst die verflixte Karte verkehrt herum!“, zeterte Theodor. „Wir hätten schon längst an den doofen Fluss hier kommen müssen. Und dann wären wir am Ufer entlanggegangen, bis wir die Berge erreichen. Aber wir sind immer noch mitten im Wald!“

„Das sehe ich auch!“, brüllte Knaster zurück. „Aber es gibt nun mal nicht den geringsten Hinweis, wie man das verdammte Teil halten soll. So jedenfalls finden wir nie ins Menschenland.“

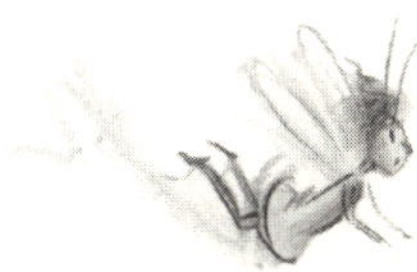

Sie hatten die Karte unter einigen Kräuterpasteten und Sirupblasen in dem Päckchen der Feen gefunden. Während sie die Hälfte der Sirupblasen getrunken hatten, hatten sie überlegt, was zu tun war. Sie wussten nicht, wo das Menschenmädchen war. Und wenn sich erst mal herumgesprochen hatte, dass sie den Zauberzweig geklaut hatten, waren sie nirgendwo mehr sicher. Nirgends, außer an dem Ort, an den man ihnen nicht so leicht folgen konnte – in der Menschenwelt. Dort würden sie vielleicht den Zauber aufheben können, den König Leandro ausgesprochen hatte. Dann würde das Mädchen endlich zurückkehren können.

„Was machen wir danach eigentlich?“, fragte Theodor leise. „Ich meine, wenn wir ins Menschenland gefunden und das Mädchen gerettet haben?“

„Was meinst du? Nachdem wir Helden geworden sind? Na, wir … Also, wir machen, was wir wollen. Wir haben dann immer noch den Zauberzweig und … Wir könnten dafür sorgen, dass sich die Waldtiere und die Zauberwesen nicht mehr bekämpfen.“

„Wie denn?“, fragte der Hase. „Mit einem verbogenen Zweig?“

„Hast du einen besseren Vorschlag? Möchtest du lieber schnurstracks nach Hause gehen? Zurück zu Mami? Ja?“

Das war genau die falsche Frage. Den ganzen Tag lang hatte Theodor an seine Mutter und an den Hasenbau denken müssen und an seine zweiundzwanzig Brüder und achtzehn Schwestern. „Und warum nicht?“, brüllte Theodor. „Meine Mama hat mich wenigstens lieb.“

Schon bevor er das letzte Wort ausgesprochen hatte, tat es ihm leid. Aber man kann fast alles zurücknehmen, nur keine Worte.

Knaster starrte ihn an. „Dann geh doch“, sagte er kalt. „Ich werde das Mädchen allein retten. Verschwinde! Oder noch besser: Ich gehe!“ Er schnappte sich seine Decke, warf die Karte, den Zweig und die anderen Sachen hinein und stapfte davon. Da hörte er, dass Theodor schluchzte.

„Was ist?“, schnauzte er ihn an. „Hast du dir auf die Zunge gebissen?“

„N-nein. Aber ich vermisse meine M-mami.“ Der Hase bekam Schluckauf. „Und j-jetzt – *hicks* – streiten wir. D-dann hab ich nicht mal mehr einen besten F-freund. N-nirgendwo – *hicks* – gehör ich mehr hin. D-das hab ich jetzt – *hicks* – davon, dass ich mal tapfer war. Hasen s-sollen überhaupt nicht t-tapfer sein. *Hicks.* Das ist nun mal so. Manche Tiere haben scharfe Z-zähne oder K-klauen. Manche sind groß und – *hicks* – fett. Manche sind giftig. Oder sie sind winzig – *hicks* – und können sich gut verstecken. Aber H-hasen? Wir können nur gut hören und schnell rennen. D-das – *hicks* – sollen wir machen. Wir hören, da kommt was – *hicks* – Böses. Dann l-laufen wir. Oder wir verstecken uns. Wir sind gut getarnt, weißt du? Man sieht uns nicht so schnell. Aber wir kämpfen nicht! Wir sind feige. Darum gibt es uns noch.“

Der Kobold ließ sein Bündel wieder sinken. „Ach herrje“, sagte er. „Ich bin doch nur sauer, weil ich die doofe Karte nicht lesen kann. Entschuldige. Ich hätte das mit deiner Mama nicht sagen sollen.“ Knaster setzte sich auf den Boden. „Ich vermisse meine Mama auch. Sie ist richtig nett. Also, nicht *richtig* nett. Kobolde sind nie nett. Wenn ein Kobold jemanden mag, dann schaut er ihn nicht an, redet nicht mit ihm und geht ihm aus dem Weg. Das macht meine Mama immer.“

Theodor war so verblüfft, dass sein Schluckauf verging und er aufhörte zu weinen. Knaster hatte zwar erzählt, dass Kobolde vieles anders machten als andere Zauberwaldwesen, aber was er jetzt hörte, war doch erstaunlich. „Was macht ihr denn, wenn ihr jemanden nicht ausstehen könnt?“, fragte der Hase.

Knaster grinste. „Wir laufen rum, spielen, gehen gemeinsam auf die Jagd, auf Beutezug. Und wenn der andere erwischt wird, dann freuen wir uns.“

„Aber bei uns –“

„Ist es umgekehrt“, sagte der Kobold. „Und das finde ich eigentlich besser. Schon eigenartig. Vielleicht bin ich kein echter Kobold mehr.“

„Vielleicht bin ich auch kein echter Hase mehr“, überlegte Theodor.

„Doch, bist du. Du hoppelst, du köttelst und du schnüffelst an allem.“

Theodor seufzte. „Hast ja recht. Aber du bist wirklich kein richtiger Kobold mehr. Immerhin ist es eure hervorstechendste Eigenschaft, dass ihr alles klaut, was nicht mit Harz festgeklebt ist. Und du hast seit ewigen Zeiten –“

Der Kobold drückte mit seiner großen Zehe Löcher in den Waldboden und beobachtete dabei interessiert die Blätter an den Bäumen.

„Was?“, rief Theodor. „Was hast du geklaut? Irgendwas bei den Feen, stimmt’s? Stimmt’s? Was ist es? Was zu essen?“

Sein Freund griff wortlos in sein Bündel und zog eine glitzernde, goldene Kette mit einem schweren, runden Anhänger hervor. Er ließ sie an einem Finger baumeln und sie strahlte wie eine zweite kleine Sonne.

„Eine Kette“, sagte Theodor enttäuscht. „Ich dachte, es wäre etwas Nützliches.“

„Nein, aber sie ist schön und ich wollte sie haben.“ Knaster hängte sie sich um den Hals. „Jetzt lass uns noch mal einen Blick auf die Karte werfen, ehe der wahre Elfenbote uns findet und richtig sauer wird.“

Er faltete die Karte wieder auf. Die Freunde wussten nur, dass sie immer noch im Wald waren. Aber wo? Hinter ihnen lag das Feendorf, aber in welche Richtung waren sie gegangen? Wo auf der Karte war hinten? Oder oben und unten?

„Es ist aussichtslos“, sagte Knaster schließlich. „Die Feen haben jemanden erwartet, der fliegen kann. Der hätte mit der Karte was anfangen können. Er hätte von oben gesehen, wo in der Ferne Berge oder Seen sind. Für uns ist sie völlig nutzlos.“

„Was sind das denn für Zeichen da?“, fragte Theodor, ganz in die Karte versunken. „Das hier. Dieses stachelige Ding da unten in der Ecke? Sieht aus wie ein Stern ...“

„Aber wieso ist da ein Stern? Sollen wir vielleicht nachts laufen? Ach ...“, Knaster seufzte, „ ... es hat keinen Sinn. Wir können das Teil ebenso gut wegschmeißen. Armes Mädchen. Du hättest die Kleine sehen sollen, wie sie da stand auf dem Felsen. Hat geweint und nach ihrer Mama gefragt.“

Theodor kamen wieder die Tränen. „Ich weiß“, schniefte er. „Hast du schon erzählt. Ich wünschte, du würdest es nicht noch mal erzählen.“

„Menschenkinder haben so was Niedliches an sich“, sagte Knaster mit erstickter

Stimme. „Man möchte sie am liebsten immerzu kneifen.“

„Streicheln“, warf Theodor ein.

„Genau, und wenn sie weinen, dann bricht es einem die Leber.“

Theodor hob ein Ohr. „Das Herz, meinst du.“

„Nah, Kobolde fühlen mit der Leber. Komm, lass uns weiterlaufen. Wir sind vielleicht nicht viel, aber wir sind alles, was die Kleine hat.“

„Ein Feigling und ein Dieb“, sagte der Hase.

„Also, weißt du“, meinte sein Freund. „Es hätte wirklich schlimmer kommen können. Wenigstens sehen wir gut aus.“

Der Hase grinste. Dann blieb sein Blick an der Kette hängen, die der Kobold um den Hals trug. Plötzlich wurden seine Augen größer. „Sieh dir mal die Kette an. Das Bild in dem Anhänger sieht aus wie das Sternding auf der Karte.“

Knaster nahm den Anhänger in die Hand und kippte ihn nach oben.

„Jetzt hat es sich bewegt!“, rief Theodor. „Das Pfeildingsbums hier hat sich zu dem Strichdingsbums da bewegt. Dreh es mal.“

Der Kobold gehorchte. Jetzt sah er es auch. Unter der durchsichtigen Oberfläche, rund um den Stern, waren Striche und Symbole auf die goldene Platte gezeichnet. Und auf der Platte bewegte sich ein silberner Pfeil. Offenbar deutete er immer in die gleiche Richtung, egal, wie der Kobold die Platte bewegte.

Theodor zeigte ehrfürchtig auf den Kettenanhänger. „Ob es zaubern kann?"

Knaster zuckte die Schultern. „Wenn es uns mit der Karte hilft, dann ist es die bemerkenswerteste Zauberei, die mir je untergekommen ist."

„Diese Zeichen auf der Kette!", rief der Hase aufgeregt. „Schnell, die Karte! Schau, da sind die gleichen drauf. Hier, bei dem Stern!"

„Oh ja", jauchzte Knaster. „Da. Eine Keule. Da geht es zu den Riesen … und da ein Regenbogen – klar, das Feendorf! Daher kommen wir. Und diese kleine Flosse, das bedeutet sicher, dass es da zum See geht. Zum Palast der Wassermänner und Nixen. Und auch zum Elfenpalast. Und hier." Er deutete auf ein Symbol, das ihm völlig fremd war. Es konnte nicht in den Zauberwald passen. „Das muss der Weg ins Menschenland sein." Das Gebilde sah aus wie Baumstämme mit eckigen Löchern.

„Sind das die Steinbäume, in denen die Menschen leben?", fragte Theodor.

„Kann sein", meinte Knaster. Er drehte seinen Anhänger. „Und der Pfeil deutet immer in diese Richtung. Warte, wenn ich den Regenbogen so drehe, dass er hinter uns liegt … Dann sind die Steinbäume genau in der Richtung, in die wir schon die ganze Zeit laufen. Also …"

„… liegt das Menschenland genau da, wo wir sowieso hinwollten."

„Du meinst, es ist da, wohin du gerannt bist, damit uns der Elfenbote nicht erwischt."

„Tja", sagte Theodor. „Meine Feigheit hat uns auf den richtigen Weg geführt. Und durch deinen Diebstahl wissen wir, wo wir hinmüssen."

„Wir sind gut", sagte Knaster grinsend.

„Die Besten", stimmte Theodor zu.

Der Plan der Schlange

Was haben sie gesagt?“, platzte Ariane heraus, kaum dass Elvira den Kopf in den Bau gesteckt hatte.

„Und noch wichtiger: Wasss hassst du gessssagt?“, fragte Lukretia.

Früh am Morgen hatte Elvira eine Sondersitzung der Z.V.I.T.H. einberufen. Jetzt kroch sie in die Höhle und streckte sich müde am Feuer aus. „Ich habe ihnen erzählt, was du dir ausgedacht hast, Lukretia“, sagte sie. „Dass ich Ariane gesehen hätte, sie mir dann aber wieder entkommen wäre.“

„Sssehr sssön.“ Lukretia traute den Z.V.I.T.H.-Leuten nicht. Sie hielt die Vereinigung für blanken Blödsinn. In ihrer Jugend war sie mit einer Riesenwasserschlange befreundet gewesen und hatte nichts gegen fantastische Geschöpfe. Abgesehen davon mochte sie das Menschenmädchen. Hier im Zauberwald hatte es nicht einen einzigen Freund. Das konnte Lukretia nachvollziehen. Sie hatte dafür gesorgt, dass alle Tiere und alle Fantastischen wussten, dass ihr Gift sie gleichermaßen töten würde. So wurde sie in Ruhe gelassen. Aber es machte sie auch ein bisschen einsam. Deshalb hatte die Schlange beschlossen, sich um das Mädchen zu kümmern. Wenn ihr nur Elvira keinen Strich durch die Rechnung machte. Schließlich war sie selbst Mitglied bei den *Tierischen Helden* – und warum sollte sie sich gegen ihre Leute stellen?

„Nein, es ist sogar schlimmer, als ich dachte", sagte Elvira düster. „Offenbar ist einer von uns verschwunden. Ein Sohn der Hasenfamilie. Man hat drei Kobolde kurz nach seinem Verschwinden in der Nähe des Baus gesehen. Die Hasenfamilie hat sie in die Flucht geschlagen. Aber den kleinen Hasenjungen haben diese Tunichtgute offenbar erwischt." Die Wölfin blickte Ariane ernst an. „Die Vertretungsmitglieder wollten wissen, wie du mir entkommen konntest. Ich denke, sie haben mir nicht geglaubt." Sie lächelte. „Ist ja auch ziemlich unwahrscheinlich, wenn wir ehrlich sind. Nun, sie wollen dich fangen.

Sie haben Gruppen eingeteilt, dich zu suchen. Eigentlich müsste ich dabei sein.“

Lukretia zischelte. „Ah ja … Wenn du hilfssst, sssöpft keiner Verdacht. Du willssst sssie auf die falssse Fährte locken, oder?“

„Hmm.“ Elvira betrachtete Ariane mit wachem Blick. „Ja, das sollten wir tun. Denn wie ich das sehe, würde es alles nur in die Länge ziehen, wenn die *Tierischen Helden* dich in die Finger kriegen. So wollen die Waldtiere die Fantastischen nämlich dazu bringen, sich aus dem Zauberwald zurückzuziehen. Wenn sie die Forderungen der Tiere erfüllt haben, wirst du ausgeliefert. Dann benutzen sie dich, um was-auch-immer zu erreichen. Danach kommst du erst nach Hause. Das kann sich ewig hinziehen. Ich glaube, es wird das Einfachste sein, wenn du freiwillig zu den Fantastischen zurückkehrst.“

„Richtig“, sagte die Schlange. „Sssie musss zssu den Elfen. Allerdingsss … nicht alsss Geisssel!“

„Wie bitte?“ Elvira starrte ihre Mitbewohnerin fassungslos an.

Doch statt zu antworten, fragte die Schlange: „Wasss haben deine Freunde von der Zss.V.I.T.H. mit Ariane vor?“

Die Wölfin knurrte tief. „Die Bärenhöhle“, sagte sie. „Wollen das Mädchen dort versteckt halten, bis die Abmachung mit den Fantastischen steht.“

„Wesssen Plan issst dasss?“

„Bertrams.“

Lukretia ringelte sich um Arianes Füße und ließ ihre Zunge vor- und zurückschnellen. „Bertram, der Dachssss. Hat sssich zsssum Vorsssitzssenden gemacht, ja? War ssseine Idee, der ganzssse Verein, ja? Ha! Rausssshaben will er sssie, die Zsssauberwessssen. Es gab andere Zsseiten.“

„Was meinst du?“, wollte Elvira wissen.

„Früher waren wir Freunde, sssie und wir. Hat er wohl vergesssen, der vornehme Bertram. Sssein bessster Freund war ein Elf. Nicht irgendeiner, nein. Der Elfenkönig ssselbst war essss.“

„Leandro?“, fragte die Wölfin überrascht. „Leandro und Bertram waren mal Freunde? Aber – was ist dann passiert? Haben sie sich gestritten?“

„Alle ssstreiten“, sagte die Schlange und ringelte sich. „’sss mussste ssso kommen. Ganzsss versssesssen auf Magie waren sssie, beide. Aber wie dasss ssso issst, wenn der eine etwasss hat und der andere nicht. Auf einmal will der andere esss auch. Und wenn er esss nicht bekommen kann …“

„Haben Zauberwaldtiere keine Magie?“, fragte Ariane.

„Nein“, sagte die Wölfin. „Und die meisten Fantastischen auch nicht. Ein Drache kann Feuer speien und fliegen, zaubern kann er nicht. Ein Einhorn ist unsterblich und schneller als der Wind, aber zaubern kann es nicht. Feen können ein bisschen zaubern, nichts Aufregendes. Aber Elfen … Elfen haben die Gabe, in die Köpfe und Herzen anderer Wesen zu blicken. *Illusion* nennen sie das.“ Sie blickte die Schlange an. „Manchmal können sie auch Dinge verändern. Und das wollte Bertram ebenfalls können, ja?“

„Wer nicht?“, fragte Lukretia.

„Ich“, sagte die Wölfin ruhig, und Ariane glaubte ihr.

„Aber alle anderen“, meinte die Schlange ungerührt. „Wär ja nicht ssso ssslimm, ein einfachesss Zssauberwaldtier zsssu sssein, wenn esss nicht jemanden gäbe, der mehr issst. Ein fantassstisssesss Wesssen. Doch ein Dachsss wird nie ein Elf sssein.“ Sie richtete sich auf und blickte Ariane an. „Und dasss kann Bertram Leandro nicht verzssseihen.“

Elvira nickte und stand geschmeidig auf. „Das erklärt viel. Vor allem, dass die Kleine nicht in unseren Streit gehört. Aber wohin mit ihr?“

„Sssie musss zu den Elfen“, wiederholte die Schlange.

Die Wölfin schnaubte. „Und wie das? Ich wäre überrascht, wenn sie es schaffen würde, einen Tag allein im Wald zu überleben.“

Die Schlange ringelte sich nach oben und legte sich um Arianes Schultern. „Sssie wird nicht allein sssein.“

Die Wölfin jaulte. „Du willst mit ihr gehen? Ein Menschenmädchen und eine Schlange? Ihr kommt nicht mal bis zum nächsten Baum.“

„Da wollen wir auch nicht hin“, gab die Schlange zurück. Sie glitt wieder auf den Boden. „Wir wollen zsssur Elfeninsssel. König Leandro hat den Zssauber ausssgesprochen, der auf ihrem Zssssuhausssse liegt. Er musss ihn zsssurücknehmen.“

„Und du meinst, das wird er einfach so tun?“, fragte Elvira spöttisch. „Ganz zu schweigen davon, dass alle Zauberwaldwesen und Tiere auf der Suche nach dem Menschenmädchen sind.“

Ariane legte die Schlange vorsichtig auf den Boden, sprang auf und lief zum Strohlager. Sie warf die Decke beiseite.

„Aber wir haben einen Plan!“, rief sie. „Ich werde kein Menschenmädchen sein, sondern eine Hexe.“

Die Wölfin lachte bellend. „Verkleidet? Als Hexe? Habt ihr mal Hexen gesehen?“

„Natürlich. Jede Menge“, sagte Ariane. „Ich habe Dutzende Bücher über Hexen gelesen. Die sehen aus wie hässliche alte Frauen.“

Die Wölfin blickte sie eine Weile an. Dann nickte sie. „Noch ist keiner in der Nähe“, sagte sie. „Wenn ihr diesen Unsinn durchziehen wollt, tut es schnell. Sie haben alle nachtsichtigen Tiere für die Schicht nach der Dämmerung eingeteilt. Es bringt also nichts, wenn ihr wartet.“ Sie stellte sich auf die Hinterläufe und legte ihre Pfoten auf die Schultern des Mädchens. So blickte sie ihr in die Augen. „Ich halte euren Plan für verrückt, dennoch würde ich mit euch gehen. Doch dann finden sie uns. Ich werde sie also auf eine falsche Fährte locken.“

Tränen rollten über Arianes Wangen. Die Wölfin leckte sie mit rauer Zunge von ihrem Gesicht. Dann sprach sie mit gesenkter Stimme: „Glaub Lukretia nicht alles, was sie sagt. Sie hat das Herz am rechten Fleck – ich denke, irgendwo in der Nähe der Schwanzspitze. Aber sie spricht mit gespaltener Zunge.“ Lauter fuhr sie fort: „Gib auf dich acht, Menschenmädchen. Und auf sie auch." Sie nickte zur Schlange. „Sie ist längst nicht so hart, wie sie tut."

„Ssswachsssinn", zischte die Schlange.

Sie hörten einen Vogelschrei draußen vor dem Bau. Die Wölfin ließ sich auf alle viere fallen. „Die Adler sind also doch schon da", sagte sie. „Hermann und Barbara. Die sehen alles. Wird Zeit, dass sie woanders suchen. Leb wohl, Ariane. Ich hoffe, du findest den Weg nach Hause. Möge das Glück der Wölfe mit euch sein." Damit drehte sie sich um und lief aus dem Bau.

Ariane starrte ihr nach. Sie kam sich verlassen vor ohne die Wölfin. Ihr war gar nicht aufgefallen, wie beschützt sie sich bei ihr gefühlt hatte.

„Losss, keine Zsseit zsssu verlieren. Wer weisss, wasss esss sssie kosssten wird, ssssie unsss zssu verssaffen."

Ihre Verkleidung hatte Ariane schon am Nachmittag vorbereitet. Sie hatte ein paar Fäden aus einer Wolldecke herausgezogen und benutzte die Schnüre jetzt, um sie wie einen Umhang festzubinden. Als sie fertig war, sah sie ein bisschen pummelig aus. Außerdem war sie gezwungen, unter dem langen Stoff wie eine Ente zu watscheln.

„Mann, bin ich froh, dass Erik mich nicht sehen kann“, meinte Ariane. „Der würde mich ein Leben lang damit aufziehen.“

„Wer issst Erik? Dein Bruder?“

„Äh …“ Ariane dachte kurz darüber nach. „So was Ähnliches“, sagte sie dann und befolgte Lukretias Anweisungen, Schlamm in ihrem Gesicht zu verteilen. An manchen Stellen blieben Klümpchen an der Haut haften. Lukretia fand, die sähen genau aus wie Warzen. Außerdem hatte Ariane einen Hut aus welken Blättern, Federn und Rinde gebastelt. Es war Lukretias Idee gewesen, Stroh daran zu befestigen. Jetzt drehte Ariane ihr Haar hoch und steckte es mit kleinen Zweigen fest, ehe sie den Hut aufsetzte. Das Stroh hing auf ihre Schultern wie zerzauste Haare.

„Nun mach dasss Gepäck fertig“, zischte die Schlange. „Wir müsssen losss.“

Das Bündel war schnell geschnürt. Ariane nahm die zweite Wolldecke, häufte Beeren, Nüsse, Wurzeln und Kräuter darauf, legte Feuersteine dazu und knotete den Stoff um einen Stock.

„Sssssön“, sagte die Schlange. Sie kroch an Arianes nacktem Bein hoch und ringelte sich unter der Verkleidung um ihre Taille. „Jetzssst geht esss losss.“

Aber Ariane zögerte noch einen Augenblick. Sie

sah sich im Wolfsbau um. Das Strohlager sah verlockend aus, wenn sie daran dachte, dass sie die nächsten Nächte im Freien auf dem Waldboden verbringen würde. Lukretia würde ihr Lager aus warmen Steinen bestimmt ebenfalls fehlen.

„Bist du wirklich sicher, dass du mitkommen möchtest?“, fragte Ariane.

Die Schlange steckte den Kopf aus dem Ausschnitt unter Arianes Hals. „Wir könnten längssst unterwegsss sssein. Geh oder ich beisss dich!“

Ariane kroch nach draußen. Sie blinzelte ins Licht der Abendsonne, dann stapfte sie mutig los.

„Riecht nach Sssnee“, meldete sich die Schlange. „Ich hassse Sssnee.“

„Es gibt auch gute Nachrichten“, gab Ariane zurück. „Da ist schon der zweite Baum. Damit sind wir weiter gekommen, als Elvira uns zugetraut hat.“

Das Traumkind

Solange Linda denken konnte, war es so gewesen: Sie hatte die Bilder, die sie malen wollte, in ihren Träumen gesehen. Vor drei Monaten hatte sie von einem Verlag den Auftrag erhalten, ein Märchenbuch über Feen zu illustrieren. Sie hatte die Arbeit lange vor sich hergeschoben, denn sie war nicht sicher gewesen, ob Feen Flügel hatten oder Zauberstäbe, ob sie klein waren oder groß, ob sie Kleider trugen oder andere Gewänder. Dann, vor ein paar Nächten, war eine Fee zu ihr gekommen. Sie war vor ihr geschwebt. Ihre goldenen Locken und das orangefarbene Kleidchen wippten im Takt ihres Tanzes. Bei jeder Bewegung der Flügel hatten diese in allen Farben geglitzert. Schon im Schlaf hatte sich Linda gefragt, wie sie die wohl am besten zeichnen sollte.

Inzwischen war die Arbeit dringend und der Abgabetermin nah. Eigentlich hätte Linda sich heute spätestens an die Skizzen machen müssen. Aber sie zeichnete nicht die Fee. Sie zeichnete ein Mädchen. Ein Mädchen, das sie in der vergangenen Nacht so deutlich vor

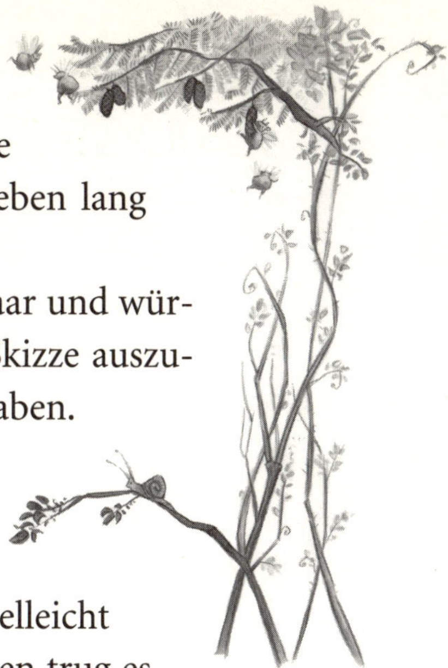

sich gesehen hatte, als hätte sie dieses Kind ihr ganzes Leben lang gekannt.

Es hatte langes, dunkles Haar und würde, wenn Linda anfing, die Skizze auszumalen, große blaue Augen haben. Sein Gesicht war blass, aber die Wangen waren rosig wie auch die kleinen Finger und Ohren. Es war vielleicht zehn Jahre alt. Auf den Skizzen trug es ein Nachthemd, das bis zu den Knöcheln reichte. Das Nachthemd musste ebenfalls blau sein. Sie malte dem Mädchen ein Kissen in die Hand und wusste, als hätte sie es für das Kind gekauft und sein Bett damit bezogen, dass es weiß war mit roten Blumen darauf.

Als Nächstes zeichnete Linda das Mädchen, wie es auf dem Kopf eines Drachen saß. Sie hatte schon öfter Drachen gezeichnet. Vielleicht kam ihr dieser deshalb so vertraut vor. Aber ganz bestimmt hatte Linda noch nie eine schwarzbraune Schlange gezeichnet. Trotzdem war es genau das, was sie jetzt auf das nächste Blatt malte. Die Schlange lag um den Hals des Mädchens, das auf diesem Bild in eine Decke gewickelt war. Dieselbe Wolldecke trug die Kleine, als ein Wolf seine Pfoten auf ihre Schultern stützte und in ihre Augen blickte.

Linda zeichnete jetzt wie besessen. Das Motiv blieb das gleiche, nur die Szenen wechselten. Das Mädchen lag in einem Bett in einem Kinderzimmer. Das Mädchen stand barfuß im Dunkeln und im Regen mitten in einem Wald und blickte ängstlich um sich. Dieser Wald war völlig verwildert, als hätte ihn nie ein Mensch betreten. In den Bäumen hingen Spinnweben und Vogelnester. Der Boden war mit Moosen und Farnen bewachsen, die Linda so in der Natur noch nicht gesehen hatte. Alte Äste lagen herum oder hingen halb abgebrochen von Baumriesen. Dazwischen rankten sich dornige Zweige, die seltsame Beeren trugen. Die Laubkronen und Nadelbaumspitzen filterten das Sonnenlicht, teilten es und warfen es in wunderbaren Mustern auf den Boden. Es war ein Zauberwald!

Ein Wald, in dem sicherlich alle Arten von fantastischen Wesen hausen konnten. Aber warum zeichnete Linda nicht endlich die fantastischen Wesen, für die sie bezahlt wurde? Vielleicht hatte ihr Zeichenanfall etwas mit Eriks eigenartigem Verhalten zu tun. Er benahm sich in den letzten Tagen so absurd, dass sie sich einfach keinen Reim darauf machen konnte. Erik hatte behauptet, es läge an der Hitze. Aber konnte das Wetter seiner Fantasie wirklich so übel zusetzen? So sehr, dass er sich eine Schwester einbildete? Eine Tochter für Linda?

Doch offenbar verfiel sie selbst dem gleichen Wahn. Warum träumte sie von einem Mädchen, das sie nie gesehen hatte und das ihr trotzdem so vertraut war?

Sie blickte auf das erste Bild, das sie gemalt hatte. Das Porträt des Mädchens. Tief in Gedanken versunken, griff Linda zu ihren Farben und fing an, sie zu mischen. Als sie das richtige Blau hatte, setzte sie den Pinsel an und kolorierte die Augen.

„Wer bist du?“, fragte sie das Bild. Aber eigentlich wusste sie es schon. Es war Ariane. Die Tochter, die sie nicht hatte. „Verdammter Erik“, sagte sie. „Wie kann ich mich von einem Schuljungen so fertigmachen lassen?“

Sie blätterte die Skizzen noch einmal durch. Es war fast, als würde sie sich Ferienfotos ansehen. Sie wusste ganz genau, in welcher Reihenfolge die Bilder zusammengehörten.

Zuerst kam das, auf dem der Drache über den

mondhellen Nachthimmel flog. Dann das, auf dem das Mädchen mit dem Kissen im Arm am Feuer saß. Auf der letzten Zeichnung war der Wald am besten zu erkennen. Linda starrte auf die Kreatur, die zwischen den Bäumen umherwandelte.

„Und wer bist du?", murmelte sie. „Warum hast *du* jetzt die Schlange um den Hals?"

Wie zur Antwort schnappte sie sich den Bleistift und ein leeres Blatt. Eine Landschaft floss auf das Papier. Wieder der Wald, aber diesmal eine Lichtung, die den Blick auf einen See freigab. Im Vordergrund stand die Gestalt mit dem eigenartigen Hut und der Schlange um den Hals. Sie blickte zum Ufer hinunter. In der Mitte des Sees lag eine Insel. Und aus der Mitte der Insel ragten Türme auf, die zu einem Schloss gehörten. Keine Brücke führte zu dieser Insel und der See war schwarz, das wusste Linda. Schwarz deshalb, weil er so tief war, dass man nirgendwo bis auf den Grund blicken konnte. Linda schauderte.

Sie blickte aus dem Fenster und stutzte. Die Morgendämmerung kroch herauf, und wieder sah es nach einem klaren und heißen Tag aus. Zeit, mit dem Feenbuch anzufangen. Linda seufzte. Zuerst brauchte sie einen Kaffee. Sie stand auf, um in die Küche zu gehen. Nach kurzem Zögern nahm sie ihren Zeichenblock und den Bleistift mit.

Während die kleine Kaffeemaschine leise blubberte und zischte, zeichnete Linda am Küchentisch weiter. Wieder keine Fee. Es war erneut die vermummte Gestalt mit dem komischen Hut, aber diesmal war es ein Porträt. Normalerweise malte Linda zuerst den Umriss des Gesichts und dann gleich die Augen, doch diesmal hatte sie zuerst den Hut und die strohigen Haare im Kopf. Ungeduldig malte Linda die rissige, mit Warzen übersäte Haut. Dann kam sie endlich zu den Augen und wusste, wen sie gemalt hatte: Es war das Traummädchen, Ariane. Sie hatte sich verkleidet. In den großen Augen spiegelten sich der See, auf den sie blickte, und eine finstere Entschlossenheit.

„Was hast du vor?“, flüsterte Linda. „Und warum will ich dir so gerne helfen?“

Die Warnung der Wölfin

Ein Mensch!“, rief eine piepsige Stimme über Arianes Kopf.

Ariane hatte gerade ihren Hut abgesetzt und bürstete mit den Fingern ihr Haar, als ein kleines rotes Fellbündel auf einem Ast auftauchte. Die Wölfin hatte Wort gehalten und die Mitglieder der Z.V.I.T.H. auf eine falsche Fährte gelockt, aber dieses …

„Dasss Eichhörnchen issst keine Bedrohung“, erklärte Lukretia gelangweilt. „Esss kümmert sssich nur um ssseine Nüssse. Hat immer Angssst, dasss der Sssnee kommt und esss zsssu wenig hat. Zsssugegeben, esss sssneit oft hier, aber der Sssnee bleibt nie lange liegen.“

„Kann man nie wissen“, erklärte das Eichhörnchen. „Absolut nie wissen kann man das.“ Während es sprach, sprang es von einem Baum auf den nächsten. „Einmal bleibt er liegen. Gar nichts gesammelt habt ihr dann. Aber ich habe Nüsse. Überall. So viele Verstecke. Alle hier drin. Hier drin.“

Es klopfte mit einer Pfote auf seinen Kopf und raste weiter. „Alle gespeichert. Werde den Winter überleben. Werd ich, jawohl. Werdet schon sehen, ihr Faulen. Werdet schon sehen. Man weiß nie.“ Es hatte nicht aufgehört zu reden, es war nur einfach außer Hörweite gelaufen.

Ariane kicherte. Das Eichhörnchen würde keine Zeit damit vergeuden, sie zu verpetzen.

„Ha!“, brüllte auf einmal eine durchdringende Stimme. „Ich kann sehr wohl deine Augen sehen, Menschenmädchen, nach dem alle suchen!“ Ariane blickte sich um. „Gestern höre ich, du bist im Zauberwald. Heute finde ich dich. Ha! Haha! Wie werden sie sich alle freuen!“

Da entdeckte Ariane sie: eine dicke, fette Schnecke. Sie saß vor ihr im Gras und reckte wichtigtuerisch ihren Oberkörper in die Höhe.

„Wem willssst du esss erzsssählen?“, fragte Lukretia. „Einem Vogel? Weissst du nicht, wasss Vögel mit Sssnecken machen? Sssie fresssen sssie. Mitsssamt dem lächerlichen Buckel auf deinem Rücken.“

„Das ist ein Haus, du ungebildetes, dummes Ding“, brüllte die Schnecke. „Keiner wird mich und mein Haus fressen, solange ich wichtige Informationen habe. Das Mädchen ist

eine wichtige Information. Ha! Und dass es sich als Hexe verkleidet und mit einer Schlange reist."

„Was tun wir denn jetzt?", fragte Ariane verzweifelt.

„Zssertritt sssie."

„Nein!", riefen Ariane und die Schnecke gleichzeitig.

Die Schnecke steckte den Kopf in ihr Häuschen und die Schlange lachte leise. „Na sssön, dann heb sssie auf und sssetzsss sssie auf deinen Hut. Mach ssson. Wir müsssen weiter."

Einige Tage lang reiste die Schnecke mit ihnen. Anfangs fand Ariane die bösen Bemerkungen ihrer neuen Reisegefährtin noch lustig.

„Mögen all deine Nachfahren haus- und schleimlos sein!", brüllte sie in einem fort. „Du hässliches, haariges, hilfloses Nichttier!"

Den meisten dieser Verwünschungen stimmte Ariane aus tiefstem Herzen zu. Trotzdem wurde es immer lästiger, sie bei jedem Schritt zu hören.

„Lasss sssie mich fresssen", bat Lukretia immer wieder.

Zunächst hatte Ariane noch entsetzt abgelehnt. Am dritten Tag hatte sie angefangen zu überlegen. Am vierten hätte sie das Vieh am liebsten selbst gegessen, damit es endlich still war.

Nachts versuchte die Schnecke immer wieder zu flüchten. Ariane fand sie dann morgens wenige Schritte von ihrem Lager entfernt und pflückte das fluchende Tier von einem Blatt oder einem Baum.

Am siebten Tag schneite es plötzlich wieder. Innerhalb kürzester Zeit lag der Schnee einen halben Meter hoch und rutschte immer wieder von den Zweigen. Für die Schnecke musste es fast unmöglich sein, ganz allein voranzukommen. Endlich erlaubte Lukretia Ariane, die Schnecke auszusetzen.

„Von hier ausss kannssst du gerne versssuchen, zsssu Bertram zsssu kommen."

„Böse Biester!", kreischte die Schnecke ihnen hinterher. „Dafür werdet ihr bezahlen. Dass ihr es wagt, mich in der Eiseskälte zurückzulassen. Ha! Ich sage allen, wo das Mädchen hinwill."

„Ach ja?" Ariane fuhr wütend herum. „Und wohin will ich?"

Die Schnecke lachte gehässig. „Denkst du, ich bin dumm, Menschenkind? Ha! Du läufst doch direkt darauf zu. Bist schon fast da. Die Schlange kennt

den Weg, wette ich. Ist dort aufgewachsen! Ja, ich weiß, wohin ihr geht – zum Wasserpalast!“

Jetzt lachte auch Ariane. „Tja, Pech gehabt, Schnecke. Da hast du dich gründlich getäuscht.“

Aber die Schlange lachte nicht. Den Rest des Tages blieb sie schweigsam. Sie wurde erst wieder lebendig – und äußerst hektisch –, als sie eine alte, krächzende Stimme singen hörten.

Und da war es beinahe zu spät.

„Kein Wort mehr“, zischte sie. „Jetssst rede ich. Sssau auf deine Füssse. Wasss du auch tussst, heb nicht den Kopf. Wenn sssie deine Augen sssieht, issst allesss verloren.“

Im dichten Unterholz bewegte sich eine buckelige Gestalt. Vor dem Weiß der Landschaft war sie gut zu sehen, denn sie trug ein ähnliches Gewand wie Ariane, nur war es schwarz mit einer Kapuze, die sie über den Kopf gezogen hatte. An einem Arm hing ein Korb. In der anderen hatte sie einen Stock, auf den sie sich stützte, als sie durch den Schnee stakste. Sie sah aus wie eine uralte Frau. Aber das war sie nicht. Abrupt blieb die Gestalt zwischen den Bäumen stehen und drehte sich zu ihnen um.

„Lebenskraft, Tochter“, krächzte sie heiser.

Ariane schwieg. Doch antwortete eine ebenso heisere Stimme in der Nähe ihres Halses: „Lebensssaft, Tochter."

„Kräutersuche?"

„Krötenfang. Und ssselbssst?"

„Die Heilung suchen, rufen mich. Wolkenwesen. Glatt zerrissen. Regensaft wird's tun. Altes Wissen. Alte Gaben. Stets gebraucht."

Die Schlange schob ihren Schwanz um Arianes Hals und zwang sie zu nicken. Dann zischte sie: „Sssonnenglut auf deinen Wegen, Tochter."

Und die Alte antwortete: „Drachenhut auf deinen, Tochter."

Damit stapfte sie zwischen den Bäumen davon, ohne sich umzusehen. Ariane ging ebenfalls weiter. Sie spürte, wie ihre Knie zitterten.

„Uff", keuchte sie. „Das war eine Hexe? Mensch, war die gruselig. Was hätte die gemacht, wenn sie uns durchschaut hätte? Hat sie sich nicht gewundert, dass ich ihr nie in die Augen gesehen habe?"

„Beruhige dich", sagte die Schlange. „Wenn ich auch zsssugeben musss, dasss esss knapp war. Sssehr knapp. Hätte sssie gehört, wie wir miteinander reden! Sssie hätte uns mit einem Blick erledigen können. Heksssen. Gefährliche Wessssen. Wie die Greife und die Elfen."

„Und die Drachen“, murmelte Ariane.

„Die sssind dumm“, stimmte Lukretia zu. „Dasss macht sssie gefährlich. Aber sssie sssind nicht bösssartig. Heksssen sssind es. Heilen zsswar, aber nur für Geld. Teilen nie ihr Wisssen. Helfen nie umsssonst.“

„Sie hat etwas von einem Wolkenwesen gesagt, das zerrissen ist, oder?“

„Jaaa. Wolkenwesssen. Sssehr viele zssurzsseit. Wir teilen sssie unsss, ihr und wir. Fliegen am Himmel, meissstensss. Aber manchmal eben nicht. Dann hängen sssie an Felsssen fessst oder an der Erde. Wenn der Wind kommt und sssie lasssen nicht losss, zerreisssen sssie. Nur Heksssen können sssie dann heilen.“

„Was war das mit dem Lebenssaft und der Drachenhut?“

„Heksssengrüssse. Sssie wünsssen einander Leben – in jeder Form. Müsssen sssich reimen, die Grüssse. Trennen sssie sssich wieder, wünsssen sssie sssich gute Wege. Dasss ihre Wege von der Sonne beschienen werden, habe ich ihr gewünssst. Dasss ein Drache mich behüten möge, hat sssie mir gewünssst.“

Ariane fand die Hexenrituale äußerst spannend. „Was war mit den Kräutern und Kröten?“

„Sssie wollte wisssen, ob ich Kräuter sssuche. Ich sssagte ihr, dasss ich nach Kröten sssuche."

„Warum?"

„Sssnee überall. Keine gute Zeit zum Kräutersammeln."

„Aber Kröten waren auch keine zu sehen."

„Kröten graben sssich ein, wenn der Sssnee kommt. Heksssen wisssen dasss. Sssie nennen sssich Töchter – von Mutter Natur."

Das Mädchen erschrak. „Dann hat sie uns misstraut, ja? Sie hat uns geprüft?"

„Natürlich. Ssso sssind die Heksssen. Trauen keinem. Tesssten jeden. Ein altesss Volk. Und weissse."

„Woher weißt du so viel über sie?", fragte Ariane. „Die Schnecke hat behauptet, du bist in dieser Gegend aufgewachsen. Stimmt das?"

„Jaaa. Lange her."

Mehr war nicht aus ihr herauszukriegen. Alles, was

Lukretia sagte, ehe sie sich für die Nacht in einem hohlen Baum zusammenrollten, war: „Musss planen. Ssstör mich nicht. Zssu viel zssu bedenken.“

Am nächsten Tag war der Schnee noch immer nicht geschmolzen. Ungewöhnlich für den Zauberwald, fand Ariane, die sich an die häufigen Wetterwechsel fast schon gewöhnt hatte. Auf den vereisten Ästen und Zweigen tobten kleine Wesen, die Ariane an Weihnachtsmänner erinnerten. Sie hatten Zipfelmützen auf, trugen graue Schneeanzüge und weiße Bärte und hatten weiße Augenbrauen. Sie beschossen das Mädchen mit Schneebällen und kicherten, als sie an ihnen vorbeistapfte.

„Soll das ’ne Hexe sein?“, rief einer gut gelaunt.

„Weiß nicht, Kumpel“, antwortete ein anderer. „Vielleicht isses das, was sich Menschenmädchen unter Hexen vorstellen.“

„Guter Witz!“, kicherte der andere. „Werd morgen noch drüber lachen.“

„Weitergehen“, zischte die Schlange. „Ssssind nur Klingeldingel. Verschwinden mit dem Ssssnee.“

Ariane wünschte mit aller Kraft, das würde sofort passieren. Vor Kälte spürte sie ihre bloßen Füße nicht mehr. Anfangs hatte sie gedacht, die Schlange um ihren Hals würde sie wärmen. Doch Lukretia war ein schlechter Schal. Sie schien immer kälter zu werden. Bis sie plötzlich schlaff in den Schnee fiel.

„Lukretia!“, rief Ariane erschrocken und hob die Schlange auf. Sie fühlte sich schwerer an als sonst. Leblos hing sie in ihrem Griff. Einen furchtbaren Moment lang glaubte Ariane, ihre Reisegefährtin wäre tot. Doch dann schoss die gespaltene Zunge aus dem Mund.

„Kaaalt“, zischte sie.

Schnell stopfte Ariane sie wieder unter die Decke und zuckte zusammen, als die eisige Schlange die warme Haut ihres Bauches berührte.

Nach einer Weile fühlte Ariane, wie Lukretia sich regte. Dann steckte sie den Kopf durch die Decke und blinzelte das Mädchen an.

„Ssson bessser“, hauchte sie. „Wir dürfen esss nicht sssu kalt haben, wir Ssslangen. Mögen wir gar nicht, ssso was.“

„Warum hast du nicht besser aufgepasst?“, fuhr Ariane sie an. „Ich hab gedacht, du bist tot. Mach so was nie mehr.“

Lukretia schwieg. Dann rückte ihr Kopf mit den kleinen schwarzen Augen ganz nah an Arianes Gesicht. „Würde dir dasss ssso viel ausssmachen?“

„Natürlich!“

Irgendetwas stimmte mit der Schlange nicht. Sie hielt etwas zurück. Ariane erinnerte sich an die Warnung der Wölfin. „Glaub ihr nicht alles“, hatte Elvira gesagt. „Sie spricht mit gespaltener Zunge.“ Lockte Lukretia Ariane in eine Falle? Hatte die Schnecke die Wahrheit gesagt? Führte dieser Weg etwa nicht zu den Elfen, sondern tatsächlich zum Wasserpalast? Aber selbst wenn – was sollte Ariane tun? Die Schlange war ihre einzige Verbündete, ihre einzige Freundin auf der Welt. Arianes Herz krampfte sich zusammen.

„Ohne dich hätte ich niemanden“, sagte Ariane laut.

„Danke“, sagte die Schlange. „Aber dasss ändert nichtsss.“

„Was ändert es nicht?“, fragte Ariane.

Lukretia schob den Kopf zurück unter die Decke. „Wasss vor unsss liegt“, nuschelte sie. „Wasss kommen musss.“

Die Elfeninsel

Als sie bei Sonnenuntergang den See erreichten, war das Mädchen so überrascht, dass es sich die Hand vor den Mund schlug.

„Ich hatte nicht erwartet, dass es so schön ist", sagte Ariane wie verzaubert. Sie blickte entzückt zwischen den Bäumen hindurch den Palast an. Binnen Minuten war es wärmer geworden und der Schnee geschmolzen. An den Ufern lagen unzählige Wassermänner und Nixen unter dicht herabhängenden Weidenästen, deren zartgrüne Blattknospen in den letzten Sonnenstrahlen leuchteten. Das Mädchen sah das alles, aber es verstand noch immer nicht.

„Ich habe von diesem See geträumt", fuhr es fort. „Es ist so friedlich hier. Das ist also die Elfeninsel. Und der Elfenpalast. Hier wohnt der Elfenkönig Leandro?" Die Kleine starrte wie gebannt auf die hohen Türme des Schlosses. Aus den Fenstern fiel Kerzenschein und die Fackeln auf den Zinnen spiegelten sich im Wasser.

„Ssso sssön issst die Elfeninsssel nun auch wieder nicht", zischte Lukretia ungeduldig. „Setzsss

dich. Ich musss dir etwasss erzssählen." Ariane gehorchte. „Zsseit, dir die Wahrheit zu sssagen." Lukretia wand sich. „Du sssiehst die Elfeninsssel? Unssser Zssssiel. Wasss du nicht sssiehst, liegt darunter. Der Grund dafür, dasss all die Wasssermänner und Niksssen da sssind. Wir sssind auch auf den Wassserpalassst zugelaufen. Er liegt unter der Insssel."

Dem Mädchen stockte der Atem. Mit großen Augen glotzte es die Schlange an. So also sahen Entsetzen und Angst bei Menschen aus. Lukretia konnte es verstehen.

„Dir issst klar, dasssss du nicht auf die Insssssel kannssssst", sagte sie. „Esss gibt keine Brücke. Und mit einem Ssssiff kommssst du nicht an den Wass-

sermännern und Niksssen vorbei. Sssson gar nicht an dem Wesssssen, dasssss im Sssee lebt. Ssselbst wenn – wie willssst du dich unbemerkt im Palassst bewegen? Alle sssssuchen dich!"

„A-aber es war dein Plan. Von Anfang an. Wir sind gekommen, um –"

„Um König Leandro dazssu zssu bringen, dasss er den Zssauber aufhebt, der dein Zssuhaussse versssperrt. Und wie willssst du dasss machen?"

Das Mädchen antwortete nicht. Natürlich hatte es keine Antwort. Den ganzen Weg über hatte es sich

darauf verlassen, dass Lukretia sich um alles kümmern würde. Ein eigenartiges Gefühl für die Schlange, dass ihr jemand vertraute.

„Du hasssst nichtssss zssssu befürchten, Mädchen“, flüsterte sie. „Ich will dir helfen. Aber esss issst ssswer.“ Sie sah Ariane tief in die Augen. „Du mussst genau tun, wasss ich sssage. Du bleibssst hier und verssstecksssst dich. Ich ssswimme allein durch den Sssee, finde den Elf und zsswinge ihn, den Zssauber aufzssulösssen. Dann komme ich zssurück und wir reisen ins Mensssenland. Einverssssstanden?“

„Nein! Du kannst nicht gehen!“, rief Ariane. „Was, wenn sie dich kriegen?“

Lukretia wandte sich ab, aber das Mädchen hielt ihren Schwanz fest. Wütend fuhr die Schlange herum und schnappte nach ihr, aber das Mädchen zuckte nicht mit einer Wimper.

„Willssst du zssurück nach Hause oder nicht?“, fragte Lukretia.

„Ja, aber –“

„Dann nenn mir eine andere Möglichkeit.“ Die Schlange wartete. „Lasss meinen Ssswansss losss. Ich habe viel zssu tun. Hast du mich gehört? Du sssollssst losslasssen.“

Das Mädchen fing an zu weinen. Offenbar hatte es endlich doch verstanden. Es wusste, dass die Chancen für ihren Plan nicht gut standen. Aber es gab keinen anderen. Wahrscheinlich würde Lukretia entdeckt werden. Irgendein Elf oder Wasserwesen würde sie sehen und Alarm schlagen. Doch es gab eine winzige Hoffnung: Glück. Möglicherweise war das Glück der Wölfe mit ihnen.

„Du kommst genauso wenig durch wie ich", flüsterte das Mädchen. „Ich sehe nicht aus wie eine Fantastische und du auch nicht. Kannst du dich nicht wenigstens ein bisschen verkleiden?" Ariane blickte sich um und entdeckte einen Feuersprudelstrauch. Sie riss zwei lange rote Äste mit orangefarbenen Blättern ab und kam zurück. „Wenn du die hier so in den Mund nimmst, dass sie zu beiden Seiten abstehen, sieht es aus wie Hörner oder Antennen oder Haare. Auf jeden Fall siehst du damit eher wie ein Zauberwesen aus."

Die Kleine war nicht dumm, das musste Lukretia zugeben. Vielleicht hatte Elvira recht gehabt. Die Wölfin hatte immer gesagt, dass die Menschen den Waldtieren ähnlicher waren, als alle dachten. Der Zufall hatte die drei Wesen zusammengeführt und doch, dachte die Schlange, waren sie fast ein –

„*Rudel*", sagte Lukretia laut. „Wenn ich zssurückkomme und allesss issst in Ordnung, werde ich Rudel sssagen, verssstanden? Wenn ich nicht *Rudel* sssage, bleibssst du im Versssteck, klar?"

Das Mädchen nickte und Lukretia nahm die Zweige in den Mund. Dann hätte sie die Dinger fast wieder fallen gelassen, als das Mädchen sie auf den Kopf küsste. Küsste! Aber Lukretia ließ sich nichts anmerken und glitt leise wie ein Schatten auf den schwarzen See zu.

Egal, wie hell die Sonne auch strahlte, der See war immer schwarz. Er schien jede Farbe aufzusaugen und in sich zu ertränken. Kaum jemand wusste genau, was alles in seinen Tiefen hauste, nicht einmal die Nixen und Wassermänner. Aber Lukretia hatte eine Vorstellung davon. Sie war hier aufgewachsen. An den Ufern des Sees war sie aus ihrem Ei geschlüpft. Hier hatte sie Kriechen und Jagen und Klettern und Schwimmen gelernt. Als junges Ding hatte sie die Wasserleute geärgert und die Fische erschreckt.

Sie hörte, wie die Nixen redeten und kicherten. Seltsam, wieder hier zu sein. Es war nicht mehr ihre Welt. Heute lebten ausschließlich Zauberwesen in und um den See. Nachts versammelten sie sich am

Ufer, um gemeinsam zu tratschen, zu singen und zu feiern. Früher waren auch die Waldtiere in den Abendstunden ans Ufer gekommen und die Elfenkinder hatten mit den Tierkindern auf der Insel gespielt. Lukretia hatte Bertram den Dachs dort gesehen, zusammen mit dem Elfenprinzen Leandro. Wie sie das Zaubern geübt hatten.

Geräuschlos glitt Lukretia ins Wasser. Der See war kälter, als sie ihn in Erinnerung hatte. Sie würde sich beeilen müssen, um die Insel zu erreichen, bevor ihre Bewegungen zu langsam wurden. Die Insel war ein ganzes Stück weit weg. Wenigstens die Wasserleute hatte sie hinter sich gelassen. Und doch … Lukretias Herz blieb kurz stehen … und doch war da etwas. Es fühlte sich an, als würde ihr Bauch auf etwas Festes stoßen. Dann wurde ihr ganzer Körper aus dem Wasser gehoben.

„Ein ssseltsssameresss Wesssen habe ich nie gesssehen“, hauchte eine Stimme unter Lukretia. „Ich frage mich, ob esss sssein kann, nach all den Jahren. Aber jetzt hat esss Hörner oder Fühler, oder hat esss am Ende … nur ein paar Feuersssprudelzssweige im Maul?“

Lukretia musste lachen. Dabei fielen

ihr die Äste aus dem Maul. Schnell ließ sie sich seitlich ins Wasser plumpsen.

„Wie geht esss dir, Gardia?", fragte sie, als sie wieder auftauchte und neben der Riesenwasserschlange herschwamm. „Du bissst noch länger geworden. Und ein bissschen breit um die Mitte."

Die Riesenschlange schmunzelte und wandte den Kopf, um ihren gewaltigen, kunterbunten Leib zu betrachten. „Dasss waren mal ein paar Hundert Fissse, ssssätzsssse ich."

„Esss tut gut, dich zu sssehen", sagte Lukretia ehrlich. „Ich habe dich vermissst, alte Freundin."

„Ich habe dich auch vermissst", sagte Gardia. „Aber du hassst einen sssseltsssamen Augenblick gewählt für deinen Besssuch. Keine netten Worte zsswischen Zssssauberwesssssen und Waldtieren mehr. Nicht wie damalsss zssu unsssserer Zsseit, alsss ich nicht grössser war alsss ein Baum."

„Genau. Auch darum bin ich hier. Esss musss sssich etwasss ändern, Gardia. Der Hasss nimmt zssu. Er greift nach ausssen. Mensssen werden mitgerisssen."

„Ahhh. Dasss Mädchen. Ich habe davon gehört." Sie schwammen eine Weile Kopf an Kopf. Das linke Auge ihrer alten Freundin war größer als Lukretias ganzer Schädel. Die Äskulapnatter hätte bequem zwischen den Zähnen der Riesenwasserschlange herumschwimmen können. „Warum bissst du hier, Lukretssssia?“

„Ich musss zsssu Leandro“, sagte die Schlange.

„Er wird sssich nicht freuen. Issst kein Freund der Waldtiere mehr. Und heute issst ein ganzss ssslechter Tag, um zu bitten.“ Sie zog einen Kreis um die kleinere Schlange.

„Ich will auch nicht bitten“, gab Lukretia zu. „Ich musss ihm drohen.“

Jetzt war sie vollends von der Riesenwasserschlange eingekreist. Die bunten Schuppen funkelten im Licht des Mondes. Sie tanzten wie irre Lichter vor Lukretias Augen. Sie spürte, wie die Kälte des Sees in sie kroch.

„Dasss wird ihm nicht gefallen“, vermutete die Riesenschlange.

„N… nein.“ Das Sprechen fiel Lukretia schwer.

„Wasss willssst du von ihm?“

„Ich …“, Lukretia stöhnte.

Da tauchte Gardia ihre Schwanzspitze unter Wasser, hob ihre Freundin hoch und legte sie erneut auf ihren Rücken. Lukretia schloss für einen Moment die Lider. Als sie sie wieder öffnete, hatte Gardia offenbar schon eine Entscheidung getroffen. Sie war zur Elfeninsel geschwommen, nicht zurück zum Ufer.

„Das Mensssenkind", hauchte Lukretia. „Essss braucht unsssere Hilfe."

„Vielleicht brauchen die Zsssauberwesssen unsssere Hilfe dringender – wegen desssss Menssenkindesssss", raunte Gardia.

„Dann bissst du auf Leandrosss Ssseite?"

„Sssoweit ich weisss, bin ich die einzssige Riesssssenwasssersslange aller Zssseiten und aller Welten. Ich bin nicht auf der Ssseite von irgendwem. Aber er hat zssu viel gewagt, der Elf. Hat getan, wasss ihm nicht zssussstand. Hat ein Menssenmädchen gegen ssseinen Willen hierhergebracht! Er wird esss bedauern. Er tut esss ssson. Aber ich tue esss nicht. Nach all diesssen Ewigkeiten ssswimme ich wieder mit dir zssusssammen." Der Kopf der Riesenschlange legte sich auf den feinen Sand der Elfeninsel. „Wir sssind da, kleine Ssswesster. Weiter kann ich dich nicht bringen."

„Dasss issst weit genug", antwortete Lukretia. „Ich danke dir."

„Ich werde hier auf dich warten."

Lukretia nickte ihr zum Abschied zu.

Dann blickte sie zum Palast empor. Aus ihrer Jugend kannte sie ein paar Schleichwege in das Gebäude. Es waren Löcher im Mauerwerk, die das Wasser und die Jahrhunderte und ein paar mutige Ratten gegraben hatten.

Auf der Insel schien viel los zu sein. Lukretia fühlte, wie der Boden unter ihrem Bauch zitterte. Viele Beine stampften, traten oder liefen in dieser Nacht hier herum. Warum waren die Zauberwesen unterwegs? Der Schlange wäre es bedeutend lieber gewesen, wenn sie alle bereits geschlafen hätten.

Aber die Elfen schienen aufgeregt zu sein. Zweimal musste Lukretia den Schutz der Sanddünen verlassen, um über breite Wege zu huschen. Doch niemand achtete auf den kriechenden Schatten zu seinen Füßen.

Endlich hatte Lukretia die unterste Steinreihe der Palastmauer erreicht und glitt daran entlang. Zwei der Löcher, an die sie sich erinnern konnte, waren mit Ziegeln und Lehm ausgebessert worden. Das dritte war noch da und im Laufe der Jahre sogar noch größer geworden. Aber es befand sich nicht auf Bodenhöhe. Lukretia musste sich über die glatte Fassade mehrere Meter emporwinden. Als sie endlich bei dem Loch ankam, war sie am Ende ihrer Kräfte. Aber sie zwang sich, weiterzukriechen.

Wo genau König Leandro schlief, wusste die Schlange nicht. Aber vermutlich schlief er gar nicht. Und sie wusste, wo sich die obersten der Elfen versammelten. Bertram hatte es ihr einmal erzählt. Damals war er mit seinem Freund Leandro durch den Palast geschlichen, um zu lauschen. Kichernd und prustend waren sie dann wieder rausgekommen und hatten jedem von ihrer Heldentat berichtet.

Lukretia fand den Weg durch den Palast. Sie hielt sich in dunklen Ecken und Schatten auf. Nach einer Ewigkeit, so schien es ihr, vernahm sie Stimmen. Eine davon kam ihr vertraut vor.

Sie kroch durch einen Spalt zwischen zwei Mamorplatten. Ihr Kopf kam direkt unter einer Fackel heraus, die an der Wand befestigt war. Lukretia war es nur recht. Sie kroch so nahe wie möglich an die Flamme und spreizte die Schuppen, um die Wärme der Steine aufzunehmen. Jetzt hörte sie die Stimmen auch besser. Nein, Lukretia hatte sich nicht getäuscht. Eine davon war die des Elfenkönigs. Dennoch war sie überrascht. Sie hatte erwartet, hier Hunderte Elfen zu finden. Doch der lange Holztisch in dem riesigen Versammlungsraum war fast leer. Nur Leandro und eine Elfe saßen an einem Ende des Tisches. Schwer stützte der Elfenkönig den Kopf in die Hände.

Lukretia hatte ihn nicht mehr gesehen, seit der Elf ein Kind gewesen war. Er sah kaum anders aus. Ja, er war größer geworden. Aber er war immer noch schmal. Seine Haut war blass und schimmerte golden. Die Augen glänzten violett im Schein der Fackeln. Sein Mund hatte sich verändert. Er war schmäler geworden, als hätte er zu oft die Lippen aufeinandergepresst. Das Regieren schien ihm schwerzufallen. Lukretia ertappte sich dabei, dass sie sich fragte, ob er heute noch einen Freund hatte.

„Es geht nicht!“, rief Leandro in dem Moment. „Ich kann den Zauber nicht aufrechterhalten. Ohne den Zweig ist es unmöglich!“

„Gib die Hoffnung nicht auf“, sagte die Elfe und

legte ihm eine Hand auf die Schulter. „Unser ganzes Volk sucht überall, sogar auf unserer Insel. Wir werden das Mädchen bald finden. Wenn sie erst im Wasserpalast ist und ihr Bruder unsere Nachricht erhalten hat –“

„Nein!“ Leandro schlug seine Faust auf den Tisch. „Es ist zu spät. Der Zauber bricht. Ich kann es fühlen. Bald wird sich ihre Familie wieder an sie erinnern. Dann kann sie zurückkehren in die Menschenwelt. Sie muss es sogar. Ich kann mich nicht konzentrieren.“ Er fuhr sich verzweifelt über das Gesicht. „Ohne den Zweig kann ich den Zauberfluch nicht halten. Ich schaffe es nicht, die Kraft zu bündeln!“

Die Elfe stand auf. Sie hob den Kopf und blickte zur Fackel hinauf. Einen Augenblick lang dachte Lukretia, sie wäre entdeckt worden. Doch dann riss die Elfe ihren Blick von der Flamme los und sprach wieder: „Ich kann noch immer nicht glauben, wer den Zweig gestohlen hat. Ein Kobold und ein Hase! Ein Kobold verbündet sich gegen uns. Warum?“

König Leandro lachte bitter. „Unseretwegen, nehme ich an. Falls du es noch nicht bemerkt hast – nicht alle Zauberwesen lieben die Elfen, wie sie es einmal getan haben. Sie geben

uns die Schuld an dem Streit zwischen unseresgleichen und den Waldtieren ... Aber Kobolde brauchen keinen Grund, um zu stehlen. Sie stehlen, weil sie nichts anderes können. Das ist ihre Art. Sie hätten verbannt werden sollen, nachdem sie die Krone meiner Urgroßmutter gestohlen hatten."

Lukretia hatte genug gehört. Es war also gar nicht nötig, Leandro zu irgendetwas zu zwingen. Der Elf hatte noch immer die gleichen Probleme, die er

schon als Prinz gehabt hatte. Er konnte sich nicht lange genug konzentrieren, um seine Zauber aufrechtzuerhalten. Aber von welchem Zweig sprach er? Und warum hatten ein Kobold und ein Hase ihn geklaut? Aber vielleicht spielte das gar keine Rolle. Jetzt musste sie nur zurück zu Ariane und sie so schnell wie möglich an die Grenze zum Menschenland bringen.

Vorsichtig schob die Schlange sich durch den Spalt. Wieder drückte und schob sie sich über endlose Gänge und Räume bis zu dem Schlupfloch nach draußen. Lukretia war zu erschöpft, um sich an der Mauer hinunterzuhangeln. Sie ließ sich einfach fallen und nahm den Schmerz in Kauf.

Kraftlos kroch sie zum See. Das Wasser schien noch kälter zu sein als zuvor und Gardia war nir-

gendwo zu sehen. Also unterdrückte Lukretia ihre Enttäuschung und glitt ins kalte Nass. Der See war so bitterkalt. *Zsssssu kalt … für … alte Sssslangen*, dachte Lukretia. Sie konnte sich kaum noch bewegen. Auf einmal tauchte ihr Kopf unter Wasser und sie musste sich mühselig wieder nach oben kämpfen. Sie würde ihren Körper nicht mehr lange zwingen können, das spürte sie. Was würde das Mädchen tun, wenn sie nicht zurückkam? Wahrscheinlich etwas Dummes. Möglicherweise würde es nach ihr suchen. Dann würden die Waldtiere oder die Zauberwesen sie finden und gefangen nehmen. Alles völlig grundlos. Aber das würde Ariane nicht wissen. Sie hätte keine Ahnung, dass sie vermisst wurde und ihre Familie bald nach ihr suchen würde.

Der Gedanke trieb Lukretia noch einmal vorwärts. Da schoss nicht weit von ihr Gardias Kopf an die Wasseroberfläche. Zwei Nixen wurden durch die Luft geschleudert und Lukretia konnte im Mondschein ausmachen, dass ein Wassermann an Gardias Hals hing. Die Riesenwasserschlange schüttelte sich, um ihn loszuwerden. Aber währenddessen tauchten nur noch weitere auf. Sie wollten sie unter die Oberfläche ziehen.

„Lukretsssssia!“, brüllte die Riesenschlange. „Eine Falle! Sssie haben dich gesssehen! Flieh, kleine Ssswessster, flieh!“

„Dasss tu ich“, murmelte Lukretia, gab den Kampf auf und ließ sich sinken.

Aber schon nach wenigen Augenblicken fühlte sie Hände an ihrem Körper. Sie wurde an die Oberfläche gezogen und bekam wieder Luft. Besonders glücklich war sie nicht darüber. Was auch immer jetzt kam, es konnte nicht viel besser sein als das, was am Grund des Sees auf sie gewartet hätte.

Dumpf spürte sie, dass sie an Land gebracht wurde. Nicht zur Elfeninsel, sondern ans gegenüberliegende Ufer des Sees. Lukretia wusste, warum.

Hinter sich hörte sie das wütende Spritzen und Planschen des Wassers – jedes Mal, wenn Gardia versuchte, sich zu befreien. Sie würde Lukretia nicht retten können, aber es war ein Trost, dass ihre alte Freundin sie nicht verraten hatte.

„Ist sie tot?“, fragte jemand.

„Nein, nein, nein, bestimmt nicht. Ha! Das verdammte Biest tut nur so. Halt sie an die Flammen, dann wird sie wieder wach. Wirst schon sehen.“

Das konnte nicht sein! Diese pene-

trante Stimme kannte Lukretia. Aber sie konnte unmöglich hier sein. Nicht jetzt schon.

„Ha! Ins Feuer mit dir, du unnützer Lurch!“ Es war die Schnecke! Lukretia spürte, wie Wärme sie belebend durchfloss.

„Sie taut auf!“, rief die Schnecke. „Haha! Ich wette, sie kann wieder sprechen. Lass sie nach dem Mädchen rufen. Na mach schon, du Fischweib!“

„Halt den Mund, oder ich fresse dich auf der Stelle“, zischte die erste Stimme.

„Das ist der Dank für die Zusammenarbeit?“, brüllte die Schnecke. „Dafür habe ich mir den Schleim aus dem Leib gerannt? Dafür bin ich den Pakt mit der Hexe eingegangen? Die Eier eines ganzen Jahres muss ich dem warzigen Ekel überlassen. Nur, um euch zu helfen! Ha!“

„Ruhe! Schlange, ich spreche zu dir. Ruf das Menschenmädchen, das dich begleitet. Tu es, oder wir werfen dich zurück in den See.“

Gut. Sollten sie sie doch in den See werfen. Es gab Schlimmeres.

„Nicht in den See, ihr Dummköpfe. Ha! Da schläft sie ein und fühlt gar nichts. Werft sie ins Feuer.“

Lukretia zuckte zusammen. Sie hatte einmal bei

einem Nickerchen im Wolfsbau ein paar Funken abbekommen. Das hatte ihr gar nicht gefallen.

„Du bist also wach“, sagte die Stimme.

Die Schlange blinzelte und erkannte eine Nixe. Sie lag mit dem Unterleib im Wasser und hielt Lukretia auf ausgestreckten Armen in die Nähe eines Lagerfeuers.

„Ruf das Mädchen und wir lassen dich gehen“, sagte sie.

„Sssie issst weg“, hauchte die Schlange. „Sssie issst auf dem Weg insss Mensssenland.“

„Lüge!“, brüllte die Schnecke.

„Ich ssswöre, ssso issst esss.“

„Ruf nach ihr“, verlangte die Nixe. „Sag ihr, sie soll zu dir kommen, du brauchst ihre Hilfe. Und ruf laut!“

Die Schlange schloss die Augen wieder. Sie konnte es tun. Sie hatte für diesen Fall vorgesorgt.

„Und ruf den richtigen Namen!“, rief die Schnecke. „Ich weiß, wie das Balg heißt.“

„Ariane!“, rief die Schlange. „Komm zssu mir! Ich brauche dich, Mädchen! Hilf mir.“ Fast lächelte sie, als sie an das Wort dachte, das sie nicht sagte. Kein *Rudel* in diesem Satz. Das Mädchen war in Sicherheit.

Da hörten sie ein Rascheln zwischen den Bäumen. Die Schlange hob schwach den Kopf. Da war das dumme Ding. Ariane hatte die Hexenverkleidung abgelegt und lief nun in ihrem Nachthemd durch das Gebüsch aufs Ufer zu. Sicherlich konnte es die Nixe und die Schnecke im Feuerschein sehen. Warum drehte Ariane nicht um? Warum lief sie nicht weg? Die Wasserleute konnten ihr nicht folgen.

Aber schon hörte Lukretia Hufschlag. Einhörner! Offenbar hatten sie Ariane aufgelauert. Fünf von ihnen umzingelten das Mädchen. Trotzdem lief es weiter. Direkt auf die Nixe zu.

„Lukretia!“, rief Ariane und kniete sich vor das Feuer. „Was ist mit dir? Bist du verletzt? Geht es dir gut?“ Behutsam nahm sie die Schlange aus den Armen der Wasserfrau und streichelte Lukretia sanft.

Die Schlange schloss besiegt die Augen. „Dumm“, zischte sie. „Wir hatten ein geheimesss Wort.“

„Ich weiß“, sagte Ariane. „Aber ich hatte Angst um dich.“

Wassssss für ein Ende, dachte die Schlange. *Ersssssst hat Freundsssaft unsss geholfen und am Ende werden wir durch sssie besssiegt.*

Auf der Flucht

Das hast du dir nur eingebildet", meinte Knaster beruhigend. „Hier sind jede Menge Viecher unterwegs. Von deiner und von meiner Sorte. Das heißt nicht, dass jemand hinter uns her ist."

„Na gut." Ganz überzeugt klang Theodor nicht.

Wieder blickte er über seine Schulter in den dichten Wald hinter ihnen. Und wieder glaubte er, das Geräusch zu hören. Es war kein Knacken von Ästen auf dem Boden oder von Schritten. Es klang, als würden die Bäume selbst ächzen und stöhnen und sich biegen. Dazwischen hörte er Blätterrascheln, als würde der Wind durch sie hindurchfahren. Dabei herrschte im Augenblick Windstille. Es war herrlichstes Frühlingswetter.

„Weißt du, ich glaube eigentlich doch nicht, dass ich mir das alles nur einbilde", meinte Theodor. „Ich glaube, dass uns irgendwas verfolgt. Und ich glaube, es ist keiner von meinen Leuten."

„Ach", rief Knaster ungeduldig. „Nach über einer Woche? Die haben doch längst aufgegeben." Er wedelte mit der Karte vor Theodors Gesicht herum.

„Wir sind am See vorbeigekommen, haben die Riesenwasserschlange und den Elfenpalast auf der Insel gesehen. Dann sind wir bis zum Waldrand marschiert.“ Er zeigte den Weg auf der Karte. „Und da vorne am Ende der Lichtung sind die Felsen. Dahinter liegt das Menschenland. Nur noch diese Grasebene, dann haben wir's geschafft, Kumpel! Was könnte uns jetzt noch aufhalten?“

Aber Theodor hörte ihm nicht zu. Er sah hinauf zu den Baumwipfeln und bewegte seine Lippen, ohne dass ein Ton herauskam. Dann fing er an, mit den Zähnen zu klappern. Schließlich sprach er wieder. Aber dabei wippten seine Ohren ständig auf und ab und sein Schwänzchen zitterte wie verrückt.

„Wa-wa-was uns aufhalten könnte?“, fragte er. „Ich bin mir nicht sicher. Vielleicht w-w-weißt du, wie es heißt. Es sieht aus wie eine Mi-mischung aus einem gewa-waltigen Riesenadler und dem Tier, von dem mir meine Ma-ma-ma-mama erzählt hat. Es ko-kommt in alten Märchen vor und heißt L-l-löwe. Es hat gewaltige Pranken und außerde-dem ein großes Maul mit vielen spitzen Zähnen. A-a-aber das Wesen, da-da-das ich meine, das ha-hat stattdessen einen Adlerschnabel, der auch verdammt spitz

aussieht. Hab ich die Flügel erwähnt? Wa-wa-was meinst du, könnte das sein?"

Die Knie des Kobolds schlotterten und er versuchte, sich nicht vor Angst in den Lendenschurz zu machen. Er starrte seinen Freund an.

„Ein G-g-greif."

„Ein Greif?"

„Jahh", hauchte er. „Gaaanz gefährlich. Furchtbar gefährlich. Sie sprechen nicht. Sie schlafen nicht. Entweder sie beobachten oder sie jagen. Und was sie beobachten, das jagen sie auch. Hören auf niemanden, außer auf die Elfen."

„D-dann könnten die Elfen sie also um einen Gefallen bitten?", fragte Theodor mit trockener Kehle.

Er sehnte sich nach einem Hasenbau. Einem Loch im Boden, in das er ganz schnell schlüpfen konnte. „Z-zum B-beispiel, dass sie ihnen etwas bringen sollen? Als Boten? Vielleicht einen Zauberzweig? Oder Hasen und Kobolde?“ Theodor legte die Ohren an. „Kann es sein, dass es so einem Greif gar nicht sehr schwerfallen würde, uns zu finden? Möglicherweise könnte er sich ausrechnen, dass wir mit dem betreffenden Zauberzweig ins Menschenland wollen. Dann müsste er an der Grenze nur auf uns warten, nicht wahr?“

„Schon möglich“, stimmte Knaster zu und eine Angstträne löste sich aus einem Augenwinkel, glitt über seine Wange und tropfte von seinem Kinn. „D-dann wären wir aber g-ganz schön blöd dran.“ Er wollte lachen, aber es wurde ein verzerrtes Schluchzen daraus. „Du, Theodor? Was du da hinter mir anstarrst … ist das zufällig so ein Greif?“

„Nein“, sagte Theodor und seine Ohren richteten sich eines nach dem anderen auf. „Es sind zwei.“

Der Kobold würgte. „Aber sie greifen uns nicht an, richtig? Sie hocken nur da und gucken. Oder? Vielleicht gehen sie erst auf uns los, wenn wir uns bewegen.“

„Großartig. Dann müssen wir also nur für den

Rest unseres Lebens hier sitzen bleiben." Wilde Hoffnung zuckte über das Hasengesicht. „Oder bis es Nacht wird. Dann schleichen wir uns –"

„Sie können im Dunkeln sehen", sagte der Kobold.

„Der Plan hätte sowieso nicht funktioniert", keuchte der Hase. „Weil: Jetzt kommen sie!"

„Fang!", rief Knaster und warf seinem Freund das Bündel mit dem Zauberzweig zu. Der schnappte es geschickt mit dem Maul. „Laaaauuuuf!", brüllte Knaster.

Sie rannten los. Vielleicht hätten sie eine Chance gehabt, wenn sie im Wald gewesen wären. Dort hätten ihnen das Blätterdach und das Unterholz Deckung vor den scharfen Augen geboten. Aber vor ihnen lag ein Meer aus Gras, auf dem sie weithin zu sehen waren. Es blieb ihnen nichts übrig, als auf die Felsen zuzulaufen.

Knaster machte dabei den Fehler, sich umzudrehen. Da waren sie! Die Pranken hatten sie im Flug dicht an den Unterkörper gepresst. Ihr Fell schimmerte im Licht der untergehenden Sonne golden, die Federn ihrer Flügel silberfarben. Nur hin und wieder schlugen sie mit den Schwingen. Rasch schnitten sie durch die Luft. Die Schnäbel waren weit vorgestreckt.

Hin und wieder drehten sie die Vogelköpfe mit den gewaltigen Mähnen, um ihre Beute im Blick zu behalten. Die perfekten Jäger. Knaster wusste, dass Theodor und er verloren waren.

Aber vielleicht täuschte er sich. Als er sich wieder umwandte, sah er, dass Theodor sich in rasendem Tempo den Felsen näherte. Der Hase war pfeilschnell. Knaster lächelte stolz.

„Zeig's ihnen, Junge!", rief er atemlos. „Du entwischst ihnen. Gut so."

Er selbst gab sich alle Mühe, doch das Pfeifen der Adlerschwingen kam immer näher. Der Kobold rannte weiter, schloss jedoch die Augen. Er wollte den Tod nicht sehen. Es reichte, dass er ihn fühlen musste. Über sich hörte er einen Laut, der sich anhörte wie das Schreien eines Adlers, aber auch das Brüllen eines anderen Tieres lag darin. Wohl das eines Löwen. Dann merkte er, wie sein Verfolger auf ihn herunterstieß.

Knaster dachte daran, was Theodor ihm gezeigt hatte: *Haken!*, feuerte er sich an. *Schlag Haken!* Verbissen lief er geradeaus, bis er seinen Feind im Nacken spürte. Exakt da ließ er sich zur Seite fallen. Er riss die Augen auf, als die Löwenpranken direkt neben seinem Kopf die Wiese durch-

schnitten. Hätte er Haare gehabt – das Biest hätte ihn erwischt. Er drehte sich auf den Rücken und beobachtete, wie der Greif nach oben stieg. Noch einmal drehte die Kreatur ihren riesigen Schädel und gaffte den Kobold aus einem Adlerauge an.

„Na los, du Luder! Komm und hol mich, wenn du dich traust!“, brüllte ihm Knaster entgegen.

Aber der Greif dachte nicht daran. Er legte die Flügel an und schoss seinem Kollegen hinterher, der dem Hasen gefolgt war.

Verdutzt starrte Knaster ihm nach. Dann verstand er.

„Nein!“, brüllte er in rasender Verzweiflung. „Nein! Kommt zurück! Ich habe den Zweig! Er steckt in meinem … Lendenschurz!“

Doch die Tiere waren nicht dumm. Nicht der Hase und der Kobold waren ihr Ziel. Sie suchten einzig den Zauberzweig. Und dass Knaster ihn nicht hatte, war offensichtlich. Brüllend und heulend rannte der Kobold hinter den Greifen her. Er würde zu spät kommen, um Theodor zu retten. Er wusste es.

Oder … ?

Auf dem gewaltigen, rostroten Felsen vor ihnen verlor Knaster seinen Kumpel plötzlich aus dem

Blick. Das war diese andere Sache, von der Theodor ihm erzählt hatte: Tarnung. War es möglich? Konnte sein Freund den Angreifern vielleicht doch entkommen?

Knaster lief, bis er glaubte, seine Brust müsse zerspringen. Er lief und lief und fühlte, dass die Wiese unter seinen Füßen dünner wurde, bis sie nur noch Sand war und schließlich Fels. Über ihm kreisten die Greife, doch sie sahen den Kobold nicht. Die Biester suchten den Felsen ab. Sie suchten! Das bedeutete, auch sie hatten den Hasen verloren. Übermütig lachte der Kobold auf. Sein Freund, der Hoppler! Sein Kumpel! War er nicht großartig? Hatte die Greife ausgetrickst!

Da bemerkte Knaster, dass einer der Greife tiefer sank und ihn anstierte. Der Jubel schien ihn gestört zu haben.

„Tut mir leid“, murmelte der Kobold. „War nicht böse gemeint.“

Gleichzeitig fiel ihm ein, dass Greife die Sprache der Zauberwaldwesen nicht verstanden. Sie schickten sich untereinander Gedanken. Und so redeten sie auch mit den Elfen. Keine Bitte um

Gnade würde zu dem Wesen durchdringen. Wütend funkelte es den Kobold an.

Knaster fing wieder an zu rennen. Aber bereits nach wenigen Schritten auf dem felsigen Untergrund musste er die Hände zu Hilfe nehmen. Schon fiel der Schatten der riesigen Flügel auf ihn.

Der Kobold legte den Kopf schief. Ihm war, als könnte er ein Geräusch hören. Neben dem Rauschen der Schwingen und dem Klopfen seines eigenen Herzens. Ein leises Geräusch, das er kannte. Es war ein Klappern. Ein schnelles Aufeinanderschlagen von … Steinen? Nein. Zähnen! Ganz nah und über ihm. Schnell hievte er sich an einem Felsvorsprung hoch. Wenige Schritte weiter sah er eine Spalte, in die er sich hineinzog. Im Halbdunkel der kleinen Höhle fühlte er Fell. Plötzlich verschloss sich der Eingang. Der Greif war davor gelandet. Er gab wieder diesen brüllenden Schrei von sich. Dann schob er seinen Schnabel in die Spalte. Knaster drückte sich fest gegen die Felswand.

„Mach mal Platz", wisperte eine vertraute Stimme. Fell presste sich an Knasters Nase vorbei. Hasenfell!

„Theodor?", fragte er unsicher.

Theodor stand jetzt mit dem Hintern vor dem

Höhleneingang und schaute den Kobold an. Der Schnabel des Greifs rückte näher. Wollte er sich etwa opfern?

„Pass auf!“, brüllte Knaster.

Da holte der Hase tief Luft, stützte sich auf die Vorderpfoten und schlug mit aller Kraft seiner Hinterpfoten aus. Er traf den Schnabel nicht. Er traf das Auge des Greifs. Das Kreischen war unerträglich laut.

„Hab ich ihn? Hab ich ihn gut erwischt?“, brüllte der Hase darüber hinweg.

Zur Antwort flutete Sonnenlicht in den Felsspalt. Die brüllenden Schreie entfernten sich. Sie hörten, wie sich Felsbrocken lösten und nach unten kullerten. Dann meldete sich auch der andere Greif und stimmte in die Schreie ein.

„Volle Kanne!“, rief der Kobold. Er sprang auf und fiel seinem Freund um den pelzigen Hals. „Du Held, du! Du riesiger, irrer, abgefahrener Held! Ich kann’s nicht glauben! Tritt einem Greif an die Glocke! Und immer erzählen, dass er sooo feig is! Nein, so was! Das hat’s noch nie gegeben. In der ganzen Geschichte der Zauberwesen nicht! Und bei den Waldtieren erst recht nicht. Da soll mich doch der … Greif holen! Soll er’s doch versuchen! Ich schick ihm ’nen

Hasen auf den Hals." Der Kobold fing wild an zu tanzen. Dabei bewegte er weder seine Arme noch seine Beine. Doch seine Ohren drehten sich und zuckten, wackelten auf und ab und vor und zurück. Er tanzte den Ohrentanz der Kobolde und schien gar nicht mehr damit aufhören zu können.

„Ich will dich ja nicht unterbrechen", meinte Theodor schmunzelnd. „Aber ich hab nur eines von vier Augen erledigt. Irgendwann kommen diese Viecher wieder. Bis dahin wäre ich gerne in der Menschenwelt."

„Hast recht, völlig recht", sagte der Kobold. „Klug auch noch, so sieht's aus!" Seine Ohren zuckten immer noch. „Also, wohlan. Wir klettern weiter. Nach dir, mein heldenhafter Freund."

„Vergiss das Bündel nicht", sagte Theodor. „Es liegt ganz hinten in der Spalte."

„Genial!"

Theodor steckte den Kopf aus der Felsspalte und schlüpfte ins Freie. Knaster folgte ihm gut gelaunt.

„Sie sind dort unten", wisperte Theodor. „Der eine scheint den anderen zu pflegen."

„Oder er pickt ihm das Auge ganz raus", sagte Knaster beim Anblick der Greife wieder bedeutend weniger ausgelassen. „Komm, wir müssen da rauf."

Schweigend machten sie sich an den Aufstieg. Schnell stellte sich heraus, dass Knaster mit seinen Händen weit besser ausgerüstet war als Theodor mit seinen Pfoten. Immer wieder rutschte er ein Stückchen ab, weil er mit den pelzigen Hinterläufen keinen Halt fand. Trotzdem gab er nicht auf.

„Ist dir aufgefallen, wie viele Wolken an der Felsspitze sind?“, fragte er außer Atem. „Ich glaube, ich habe noch nie so viele auf einem Haufen gesehen.“

„Wolkenwesen“, sagte Knaster. „Ich glaube, sie hängen fest. Das passiert hier oft.“ Er griff in eine Felsspalte. Dabei löste sich ein Stein und rollte den Abhang runter. Er riss weitere Steine mit sich. Tosend krachten sie ins Tal. Die Freunde hielten kurz die Luft an, aber sie hörten die Greife nicht.

„Und warum hier?“, fragte Theodor schließlich.

„Ist wahrscheinlich ein Familientreffen. Sehen sich nur selten, weil sie durch unsere ganze Welt und die Menschenwelt ziehen. Irgendwann wird der Wind kommen und sie losreißen.“

„Sie sind nicht gefährlich, oder? Ich meine, wir klettern genau auf sie zu.“

„Nö. Die nicht. Aber die Felsenfieslinge sind es. Sie und die Wolkenwesen krallen sich aneinander fest. Wenn du dann vorbeiwillst …“, Knaster blickte Theodor ernst an, „… dann musst du eine Frage beantworten, sonst lassen sie dich nicht durch.“

„Du meinst, das ist der Eingang zur Menschenwelt?“

„Genau. Und wenn du die Frage falsch beantwortest, na ja … Die Felsenfieslinge heißen nicht umsonst so“, raunte Knaster.

„Ich bin nicht sehr gut mit Fragen“, gab Theodor zu.

Der Kobold lachte. „Und feig bist du angeblich auch.“ Dann konzentrierte er sich wieder auf den Aufstieg.

Tief unter ihnen erschallte kreischendes Gebrüll. Die beiden Freunde erschraken, sahen einander an und kletterten verbissen weiter. Sie hatten keine andere Wahl. Die Greife waren wütend. Sie würden kommen, um sie zu holen. Diesmal würden sie Beute machen. In wenigen Augenblicken würden sie auf einer Höhe mit dem Hasen und dem Kobold sein. Hier gab es auch keine Felsspalten mehr, in denen sie sich verstecken konnten. Sie mussten den Gipfel erreichen, ehe die Greife sie erreichten.

Theodor blickte nach oben. Es war nicht mehr

weit. Doch immer wieder rutschte er mit den Pfoten auf dem steinigen Grund ab.

Jetzt spürte er sie hinter sich. Der Wind ihrer Schwingen zerzauste das Fell auf seinem Rücken. Die Greife schienen einen Plan zu haben. Einer schwebte auf den Kobold zu, der andere konzentrierte sich auf Theodor. Hilflos musste er mit ansehen, wie zwei gewaltige Löwenpranken sich in Knasters Lendenschurz bohrten und ihn vom Felsen pflückten wie eine Frucht vom Baum. Der Greif würde ihn zur Elfeninsel tragen, da war sich Theodor sicher. So sicher, wie er wusste, dass sich der andere an ihm rächen würde – für das Auge.

Schon streifte ihn ein Flügel. Es gab keinen Grund, den Hasen zur Elfeninsel zu bringen. Er hatte keinen Zauberzweig. Er war auch kein Zauberwesen. Er war ein einfaches Waldtier. Beute. Futter.

Aber nicht mit ihm! Theodor schloss die Lider und ließ den Fels los.

Er fiel und wunderte sich, dass es sich so gut anfühlte. Die Luft, durch die er segelte, schien ihn bremsen zu wollen. Ganz sanft. Es war ein guter Tod. Eines heldenhaften Hasen würdig. Gleich würde der Aufprall kommen. Er würde es kaum mitbekommen. Es würde sich nur ganz kurz so anfühlen, als –

Als würden ihn gewaltige Klauen auffangen und wieder nach oben tragen?

„Nein!“, brüllte Theodor und schlug mit aller Kraft seiner Pfoten aus.

Der verdammte Greif hatte ihn im freien Fall geschnappt. Wie hatte er das geschafft? Er war auf gleicher Höhe mit dem Hasen gewesen und doch musste er ihn überholt haben und … unmöglich. Er hörte den Löwenvogel kreischen und machte die Augen auf. Das Wesen hockte auf einem Felsvorsprung und funkelte ihn bösartig an. Aber …

Der Hase blickte nach oben. Das waren nicht die Fänge eines Greifs. Es waren die Klauen eines Drachen!

„Na großartig“, murmelte er. „Der frisst mich wenigstens auf einen Happen.“

„Vorurteile!“, brüllte der Drache. „Immer nur Vorurteile. Schon mal dran gedacht, dass ich deinereiner vielleicht nicht fressen tu? Nu, vielleicht hab ich ja auch andere Sachen im Kopf. Der is nämlich nich leer, kapierst du? Da is jede Menge drin. Auch gute Sachen.“

Der Greif hatte offenbar eine Entscheidung getroffen. Er stieß sich von dem Felsen ab und hielt genau auf den Drachen zu.

„Nu sieh sich einer das mal an!“, rief der Drache verdutzt. „Und alle sagen, ich bin doof. Das Viech greift mich an! Es greift tatsächlich einen Drachen an.“

Der Drache spreizte die gewaltigen Flügel. Er atmete ein und blähte dabei seinen gewaltigen Brustkorb auf. Schließlich öffnete er sein Maul und spie dem Greif eine Stichflamme entgegen.

Vor Schmerz brüllte der kreischend auf und sackte ab. Theodor konnte die verbrannten Federn riechen. Dennoch schien der Greif nicht so schnell aufzugeben. Er griff noch einmal von unten an. Entsetzt sah Theodor, dass der Drache auf dem Bauch keinen schützenden Schuppenpanzer hatte.

„Pass auf, Drache!“, brüllte er. „Dreh dich um!“

Und der Drache tat es. Er ließ sich in einer eleganten Pirouette auf den Rücken kippen. Theodors Mageninhalt tat das Gleiche. Weniger elegant. Kopfüber hing er jetzt in den scharfen Klauen. Der Greif donnerte ungebremst gegen den massiven Drachenrücken. Er fiel ein Stück, fing sich und war mit einigen Flügelschlägen wieder auf gleicher Höhe.

„Warum hauchst du ihn nicht noch

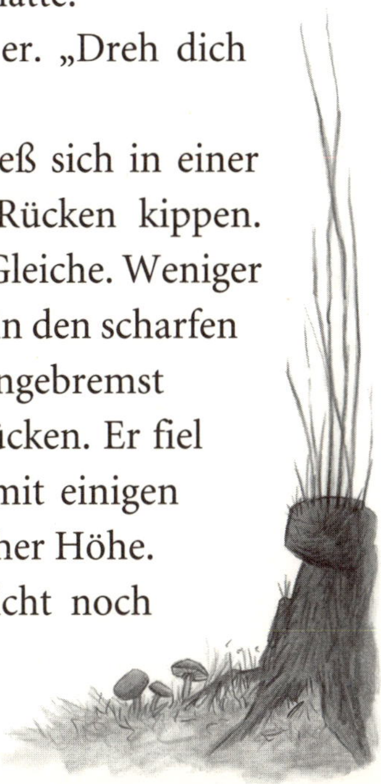

mal an?“, keuchte Theodor. Ihm war elend wie noch nie in seinem ganzen jungen Hasenleben.

„Wir spielen noch ’n bisschen“, meinte der Drache.

„Spielen? Bist du verrückt? Mach ihn fertig!“

„Nö. Noch nicht.“

Der Drache drehte sich noch einmal um sich selbst und flog dann direkt auf den Greif zu. Erst im letzten Augenblick zog er an ihm vorbei und streifte ihn mit seinem Schweif. Der Greif verlor dabei ein paar Federn, ließ sich aber nicht in die Flucht schlagen.

„Warum haut er nicht ab?“, brüllte Theodor verzweifelt.

„Nu, weil er warten tut.“

„Worauf?“, rief Theodor.

Er hätte den Drachen am liebsten getreten. Während er hier Spielchen spielte, war Theodors bester Freund wahrscheinlich schon in den Händen der Elfen. Doch dann erkannte er, was der Drache gemeint hatte: Der einäugige Greif hatte auf Verstärkung gewartet. Sein Kollege kam zurück. Und die Zeit war zu knapp gewesen, um den Kobold vorher abzuliefern. Er hatte ihn immer noch zwischen den Pranken.

„Rette meinen Freund!“, rief Theodor. „Bitte,

bitte! Du musst ihn retten! Der andere Greif hat ihn gef–“

„Was meinst ’n du, was ich hier mach’n tu, hä?“

Der Drache legte die Flügel an und raste auf den Boden zu. Kurz bevor sie aufschlugen, breitete er die Schwingen wieder aus, schlug zweimal kräftig und stieg so schnell auf, dass Theodor der Atem stockte. Schon schoss der Drache an dem zweiten Angreifer vorbei, der sofort die Flügel anlegte, um unter ihm durchzutauchen und die Verfolgung aufzunehmen. Doch er hatte nicht mit dem Schweif des Drachen gerechnet. Der legte sich im Flug wie ein Lasso um den kleinen Körper des Kobolds und riss ihn mit sich fort.

„Hurrrrraaaa!“, brüllte Theodor. Noch im selben Moment fragte er sich, ob er einen Grund zum Jubeln hatte: Sie waren der Gefangenschaft zweier Greife entkommen. Dafür waren sie jetzt in der eines Drachen.

Was Wolkenwesen wissen wollen

Redet nicht viel, ihr zwei beiden, was?“, meinte der Drache gut gelaunt.

„Äh … die Greife sind immer noch hinter uns her!“, schrie Knaster gegen den Flugwind an. „Ich kann das sehen, weil ich an deinem Schwanz hänge!“

„Schweif“, sagte der Drache würdevoll. „Aber warte mal. Wenn euch das so stört, kann ich was tun.“

Er fuhr herum, saugte Luft ein und blies daraufhin den Greifen eine glühend heiße Feuerwolke entgegen. Als sich der Rauch lichtete, lagen die Löwenvögel weit abgeschlagen zurück.

„Wird genügen, bis wir durch sind“, meinte der Drache.

„Wo durch sind?“, rief der Hase. „Wohin fliegen wir? Warum hast du uns geholfen? Wer bist du?“

„Nu is aber gut!“, rief der Drache empört. „Die Fragen kommen gleich noch. Aber so viel sag ich euch: Wir fliegen rüber in die Menschenwelt.“

„Wir wollen auch in die Menschenwelt!“, brüllte Knaster.

„Nichts lieber als das!“, schrie Theodor.

Der Drache brummte. „Ich bleib aber nicht lange. Hol nur ’nen Jungen ab. Dann flieg ich wieder.“

„Schon gut“, rief der Kobold. „Wenn du uns nur irgendwo auf der anderen Seite runterlassen könntest. Wir müssen nämlich was Wichtiges erledigen.“

„Und was könnte das sein?“, fragte der Drache, als sie die Wolken erreichten.

„Ein Mädchen retten“, sagten die Freunde im Chor.

„Nu, so was“, sagte der Drache. „Das tu ich auch. Schon witzig. So! Da sind wir!“

Der Drache setzte zur Landung an. Verwundert sah Theodor sich um. Es war inzwischen ganz dunkel, doch die gewaltigen Wolkenmassen über ihnen leuchteten silbern am Nachthimmel. Sie bestrahlten auch die Fläche, auf der der Drache jetzt aufkam.

„Ja, nu, is schon ’n Anblick beim ersten Mal“, dröhnte er. Vorsichtig ließ er den Hasen und den Kobold zu Boden gleiten.

Im silbernen Glanz der Wolken erkannte Theodor, dass sie auf einer großen Felsenebene waren. Rund um sie ragten riesige Gipfel in die Höhe. Je fünf dieser Gipfel schienen zusammenzugehören. Bildete Theodor sich das ein, oder bewegten sich diese eigenartigen Hände aus Stein? Nein, so war es. Jede der gewaltigen Felsenhände umklammerte eine andere, ungleich luftigere: eine Wolkenhand. So bildeten sie die Grenze zwischen der Zauberwaldwelt und der Welt der Menschen.

Während die drei Ankömmlinge sie anstarrten, öffneten sich in jeder Felsenhand unzählige Augen. Sie waren rot glühend, als hätte jemand im Inneren der Berge Steine geschmolzen. Hin und wieder lösten sich einzelne Feuertränen aus den gespenstischen Augen und rollten auf die Ebene, wo sie zu Kieseln wurden.

„Ach, du lieber Hasenbau“, murmelte Theodor. „Sind das etwa die Felsenfieslinge?“

„Nenn sie nich so, is nich höflich“, knurrte der Drache. „Wenn sie's hören, tun sie uns anspucken. Dann isses vorbei mit Rettungsgeschichten und so.“ Er blickte zu den Felsenfingern hinauf. „Hallöchen. Ich bin's, Obligo, wisst ihr noch?“

„WIR KENNEN DICH, DRACHE.
FINDE DEINE SPRACHE.“

Doch die Stimme kam nicht von den Felsenfieslingen, sondern hoch aus dem Himmel – von den Wolken. Ununterbrochen bildeten sie neue Formen und

Gestalten. Manchmal sahen sie kurz aus wie Dinge oder Wesen, die Theodor kannte. Dann wieder veränderten sie sich zu völlig unmöglichen Bildern.

„Schön. Gutes Gedächtnis. Is mir 'n Vergnügen, wie immer. Ich brauch auch nich lang. Wenn ihr mich bitte durchlassen würdet …"

„Nur die rechte Antwort öffnet die Tür.

Gibst du die falsche, stirbst du dafür."

„Aber ich hab euch die Antwort schon gegeben", rief der Drache ungehalten. „Wisst ihr nicht mehr? Mit diesem Zeug gleiten auch Menschen durch die Lüfte. Antwort: mit dem Flugzeug. Ich hab's gewusst. Ich darf durch. Wenn ihr also bitte …"

„Diese Antwort gilt nicht mehr", antwortete eine Wolke, in der der Hase deutlich ein Gesicht erkannte. „Eine neue muss jetzt her!"

„Verdammt", zischte der Drache ihnen zu. „Damit hab ich nicht gerechnet. Leandro hat's mir für die letzte Reise gesagt. Die Antwort, mein ich. Mist, dabei dacht ich, mein Plan wäre so gut. Aber jetzt? Mm … blöd. Die fragen immer nach irgendwelchen Menschensachen, die ich nich kennen tu. Wisst ihr was davon?"

„N-nein“, stotterte Knaster. „Und wenn wir das Falsche sagen, sterben wir.“

„Ja, aber wir müssen nich das Falsche sagen“, meinte der Drache gewitzt. „Brauchen bloß gar nix zu sagen. Dann können wir wieder weg. Husch-husch.“

„Aber dann kommen wir nicht ins Menschenland, oder?“, fragte Theodor.

„Nö, das nicht“, gab Obligo zu. „Also, wollen wir's mal versuchen, was meint ihr?“

Theodor und Knaster traten näher an den Drachen heran. Entschlossen nickten sie und blickten ebenfalls zu den sprechenden Wolkenwesen empor.

„Wir sind bereit!“, rief der Drache.

Daraufhin formte die Wolke einen gigantischen Mund, der die Zähne bleckte, ehe er anfing zu sprechen.

„Ein Stück von sich
legt jede Nacht
der Mensch auf mich.
Wenn er erwacht
ganz neu und frisch
hab ich es gut gemacht.“

„Bäh“, machte Obligo. „Wie eklig. So was tun Menschen? Stücke ablegen? Kinder etwa auch? Die

Kleine hat gar nich so ausgesehen. Wetten, Ariane tut so was nich machen? Die beißt sich doch nix ab für die Nacht.“

„Ariane?“, schrie der Hase. „Du willst Ariane retten?“

„Was dagegen?“, knurrte der Drache.

„Ganz und gar nicht!“, rief Theodor. „Ausgezeichnet, ausgezeichnet. Dann sind wir Kollegen. Das wollen wir nämlich auch.“

„Tatsache? Sehr gut. Dann brauch ich keinen Umweg nich zu flie–“

„Ruhe!“, brüllte Knaster. „Seid doch still. Wie soll man denn da nachdenken?“

Der Drache und der Hase sahen ihn überrascht an.

„Das Mädchen hatte das dabei. Das weiche Dings. Na, das! Das … das … öh …“, stotterte Knaster aufgeregt.

„Der Himmel lauscht!

Ihr habt viel Zeit gebraucht.“

Der Drache schlug sich die Klaue vors Maul und piepste: „Upsi!“

Doch Knaster trat einen Schritt vor und sprach direkt zu dem Wolkenmund über ihm: „Die Antwort lautet: Kopfkissen.“

Es ertönte ein Rauschen. Knaster hielt die Luft an. Obligo duckte sich auf den Boden und versteckte den Kopf unter den Pranken. Theodor zog die Ohren ein. Doch die Münder der Felsenfieslinge öffneten sich nicht. Stattdessen öffneten sich ihre Hände und ließen die Hände der Wolkenwesen los.

„Oooooooooooooooch“, hauchten diese, als sie vom Wind ergriffen wurden und auseinandertrieben

Der Drache blinzelte unter seinen langen Klauen hervor. Der Hase stellte sich auf die Hinterpfoten. Und der Kobold klatschte begeistert in die Hände.

„Die eine einzige Sache, die ich von den Menschen weiß! Und genau das fragen sie mich. Danke, lieber Wassermann! Los, Obligo! Auf, auf. Sie lassen uns durch."

Obligo erhob sich wieder vom Boden und wischte sich etwas Staub vom nackten Bauch. „Bist 'n cleveres Kerlchen", sagte er anerkennend und schnappte sich Knaster mit einer Klaue. Mit der zweiten erwischte er Theodor.

„Festhalten!", dröhnte er ausgelassen. „Wir heben ab!"

Sie mussten eine dicke Wolkenschicht durchfliegen, um auf die andere Seite zu kommen. Viele Wolkenwesen folgten den Freunden aus der Zauberwelt in die Menschenwelt. Immer noch hielten sich einige an den Händen. Doch auf dieser Seite schimmerten sie nicht mehr silbern. Im grauen Dunst konnten die Freunde kaum noch die Hand vor Augen sehen. Dennoch wurde Obligo schneller. Als er die Wolkendecke durchbrach, war Theodor von dem Anblick überwältigt.

Auch in der Menschenwelt war es Nacht. Doch

hier blitzten unzählige Lichter in der Dunkelheit wie Abermillionen Glühwürmchen. Ein Wald aus Steinbäumen erstreckte sich unter ihnen, aus deren Löchern es golden leuchtete. Ein rot und gelb glänzender Fluss, der kein Wasser führte, schlängelte sich hindurch und ab und zu funkelten darin vereinzelt blaue und grüne Sterne.

„Ach, du lieber klauender Kobold“, flüsterte Knaster. „Was für eine fantastische Welt.“

„D-das ist Zauberei“, stimmte Theodor ihm zu. „Wahre Magie.“

„Wartet mal, bis ihr die Steinbaumdinger von innen seht“, rief der Drache und kippte zur Seite, um ganz dicht an einen heranzufliegen. „Nö, Moment, das war ja ihr Fenster. Das vom Jungen muss auf der anderen Seite sein.“

Der Drache flatterte um den Baum herum und blieb dann schwingenschlagend vor einem anderen Fenster stehen.

„Ich denke, wir müssen –“

Das Fenster ging auf und ein Junge blickte zu ihnen heraus. Seine Augen waren gerötet und sein Gesicht unter dem strubbeligen braunen Haar war ganz blass. Trotzdem zitterte seine Stimme nicht, als er sagte: „Wissen Sie zufällig, wo Ariane ist?“

Zurück zum Zauberwald

Erik bereute zutiefst, dass er seine Schuhe nicht mitgenommen und keinen Pullover über seinen Pyjama gezogen hatte. Es war eiskalt auf dem Drachenkopf. Außerdem schossen ständig Blitze durch die Wolken und es donnerte, als hätte sich die Welt entschlossen, ausgerechnet heute unterzugehen. Zum Glück regnete es noch nicht. Denn einen Regenschirm hatte Erik nicht in den Rucksack gesteckt, den er vor sich trug. Darin saßen bloß ein kleiner sprechender Hase und ein seltsamer haarloser Knirps mit einer Windelhose. Abwechselnd erzählten sie Erik eine Geschichte, die verrückter war als alles, was in Arianes Märchenbüchern stand.

„Ariane irrt tantenseelenallein durch den Zauberwald!“, berichtete der Knirps gerade.

„Tut sie nich mehr“, kam es von dem Drachen. „Bei meinen Bauchschuppen, die ich der fiesen Hexe geben musste! Ariane ist auf dem Weg zum Elfenpalast.“

Zauberwald, Hexen, Elfenpalast – Erik schwirrte der Kopf.

„Du hast deine Bauchschuppen einer Hexe gegeben?“, wollte der Hase wissen.

„Nu, dort fehlen sie mir am wenigsten“, dröhnte der Drache durch die Nacht. „Und anders hätt ich nich erfahren, wo die Kleine stecken tut. Hab der Hexe den Plan praktisch abgekauft, nich? Dass ich den Jungen holen tu und all das. Sie hat gesagt, dass er die Lösung kennt für alles.“

Der Hase und der Knirps blickten Erik mit großen Augen an. Erik nickte. Er kannte die Lösung tatsächlich. Sie steckte in einem Einmachglas – ebenfalls in seinem Rucksack.

„Arianes Mutter hat ihr oft Geschichten erzählt“, begann er leise. „Sie sagt, sie träumt sie. Dann sieht sie richtige Bilder im Kopf. Dabei gehen ihre Gedanken irgendwie auf die Reise. Und bei einem dieser Streifzüge haben sie eine Fee erreicht, Musella. Diese Fee ist neugierig geworden. Sie ist Arianes Mutter im Traum erschienen, damit sie ihre Flügel und ihr Kleid auch richtig zeichnet in ihrem neuen Buch. Musella sagt, das ist eine Verbindung zwischen der Menschenwelt und der Zauberwelt – Geschichten.“

„Wohl wahr, wohl wahr“, brüllte der Drache. „Komme selbst in einigen vor, möchte ich meinen.“

„Ehrlich?“, fragte Erik. „Ich dachte doch, dass Sie mir bekannt vorkommen. Wie heißen Sie denn?“

„Ha! Das tu ich niemals –“

„Obligo“, sagte der Hase hilfsbereit.

„Och nö“, stöhnte der Drache.

„Erzähl weiter“, drängte Knaster. „Was war dann mit der Fee?“

„Nun, im Traum hat sie für Arianes Mutter getanzt. Aber danach ist sie durch die Wohnung geflattert und wollte durch das Fenster hinaus, durch das sie gekommen war – meines. Ich war aber wach, weil ich mal … also, ich hab sie gesehen und gefangen.“

„Du hast eine Fee gefangen“, ächzte Knaster.

Erik nickte düster. „Aber ich wusste es doch nicht. Ich dachte, es wäre eine Libelle. Ich hatte noch nie eine Zauberwelt-Geschichte gelesen. Dann kann man euch nicht hören und sehen.“

„Was ist denn lesen?“, fragte der Drache. „So was wie fressen?“

Erik dachte kurz darüber nach, dann nickte er. „Ja, ganz ähnlich. Wenn man ein Buch liest, dann verschlingt man die Geschichte, die darin steckt. Nur ist sie dann nicht in deinem Magen, sondern in deinem Kopf. Wenn es eine gute Geschichte ist, sogar in deinem Herzen.“

„Das ist Zauberei!“, rief der Hase begeistert. „Wunderbar! Hab ich noch nie gehört. Du, Knaster? Schade, dass es keine Geschichten von normalen Waldtieren gibt. Das wäre lustig. Dann hätten wir vielleicht auch mal eine Geschichte, du und ich.“

„Natürlich gibt es auch Geschichten von Waldtieren“, sagte Erik. „Jede Menge sogar. Inzwischen hab ich mindestens ein Dutzend gelesen. Sie stehen in Arianes Märchenbüchern … “

„Deshalb hat sie mich verstanden!“, rief der Drache gerührt und wich geschickt einem Blitz aus. „Kluges Mädchen.“

„Nun, nachdem ich die Bücher verschlungen hatte, hörte ich plötzlich diese leise Stimme in meinem Zimmer. Sie kam aus dem Einmachglas. Da hab ich kapiert, dass ich keine Libelle gefangen habe.“

Er hielt einen Augenblick inne.

„Und was hat die Fee gesagt?“, drängte der Kobold neugierig.

„Zuerst mal hat sie geflucht“, erinnerte sich Erik.

„Tut sie jetzt auch noch“, sagte der Hase. „Ganz schön unanständig für eine Fee.“

„Sie verlangte, dass ich sie freilasse. Und das wollte ich auch machen. Aber dann hab ich sie doch lieber

erst mal ausgefragt. Ich meine“, fügte er entschuldigend hinzu, „immerhin war sie alles, was ich hatte. Musella glaubt, dass Ariane entführt wurde – als Geisel. Sie hat eine Nachricht von ihrer Schwester bekommen. Aber die war leise und undeutlich und die Verbindung war gleich wieder weg …“

Der Windelknirps stupste den Hasen an. „Deshalb haben die Feen den Zauberzweig gehabt. Damit Morgenröte mit Musella reden konnte. Sie hat mir gesagt, dass es nicht richtig geklappt hat.“

Erik klang unsicher, als er fragte: „Und keiner von euch weiß, wie es Ariane jetzt geht? Ob sie noch lebt?“

Die drei schwiegen. Der Kobold schüttelte den Kopf. Der Hase murmelte schließlich: „Hatte nie die Ehre, ihr zu begegnen. Nicht persönlich jedenfalls.“

Und der Drache nuschelte: „Bin zu den Elfen geflogen. Obwohl ich die gar nich mag, nee, nee. Hab Ariane gesucht, ehrlich. Aber sie is ja so klein. Aufgepasst!“, rief er dann. „Wir erreichen die Grenze zur Zauberwelt.“

Als sie über die Felsenfieslinge hinwegflogen, schlug ihnen eine Hitzewelle entgegen, die sie verstummen ließ. Die Fieslinge weinten flüssigen Stein. Wie Feuerwürmer rannen die rot glühenden Flüsse über den Felsen hinab ins Tal.

„Das ist prächtig", flüsterte der Junge ehrfürchtig. „Wie ein Vulkanausbruch."

„Die brechen nicht aus", sagte der Kobold beruhigend. „Sie heulen nur. Vermissen die Wolkenwesen."

Wolkenwesen – wieder so ein zauberhafter Name, den Erik noch nie zuvor gehört hatte. Doch er wusste, wovon der Windelknirps sprach. Denn über ihnen, im Glanz des vollen Mondes, leuchteten silberfarbene Wolken, die ihre Gestalt ständig änderten. Fast wie zu Hause. Jetzt fiel Erik auch auf, dass sich das Wetter schlagartig geändert hatte, seit sie die Grenze überflogen hatten. Es war wärmer geworden und von einem Gewitter war nichts mehr zu spüren.

Wie gerne hätte Erik die Landschaft dieser fantastischen Welt gesehen. Doch im kräftigen Flugwind traute er sich nicht, sich zu weit vorzubeugen und hinunterzuschauen. Ob sie so ähnlich aussah wie seine Welt? Wie gefährlich musste dieser Zauberwald sein, wenn ein Wesen wie dieser gewaltige Drache zu den Guten gehörte?

In diesem Moment lief ein Zittern durch den Drachen und er fing an, herzzerreißend zu schluchzen.

„’s is alles meine Schuld“, jaulte er.

„Nein, ist es nicht“, sagte Erik sofort. Er hatte Mühe, das Gleichgewicht zu halten. „Hätte ich nicht die Fee gefangen, wäre all das nie passiert.“

„A-aber ich hab sie nicht nur e-entführt. Hab sie auch fallen lassen“, schniefte Obligo.

„Da hat er recht“, meinte der Kobold. „Das hat er wirklich verbockt.“

Jetzt brüllte der Drache so laut, dass Erik mit dem Rucksack ein gutes Stück am Hals hinabrutschte.

„Es war nicht deine Schuld! Nicht deine Schuld!“, rief Knaster schnell.

„D-doch“, rief der Drache, aber er flog wieder ruhiger. „Ich h-hätte der Hexe nur alle meine Schuppen geben müssen. Dann hätte sie mir mehr erzählt. Aber ich wollte so gerne welche behalten. Hätte mich geschämt, ganz nackt zu sein.“

„Wir sind da!“, krakeelte der Kobold hektisch.

Der Drache schluckte und wurde still. „Oh ja, der Elfenpalast“, wisperte er.

Erik blickte vorsichtig in die Tiefe. Er sah einen schwarzen Fleck, schwärzer als die Nacht selbst.

Wohl ein großer See. Inmitten des Sees lag eine Insel. Und darauf erstrahlte ein Schloss, wie Erik noch keines gesehen hatte. Aus unzähligen Fenstern glänzte Kerzenschein, Hunderte Fackeln beleuchteten Türme und Türmchen mit Spitzen und Erkern, Brüstungen, Balkonen und Mäuerchen in allen Formen und Größen. Und alles spiegelte sich im dunklen Wasser.

Als der Drache tiefer ging, erspähte Erik darin und am Ufer zahlreiche merkwürdige Gestalten. Die wenigsten sahen Menschen ähnlich. Und die, die es taten, wirkten nicht sehr freundlich. Sie hatten weißes Haar und verließen gerade ihre Segelboote, die in der leichten Brandung schaukelten.

Im See lag eine gewaltige Schlange mit bunt schimmernden Schuppen. Um die Boote herum schwammen Nixen und Wassermänner.

Die menschenähnlichen Wesen gingen auf eine Gruppe absonderlicher Kreaturen zu, die sich an Land versammelt hatte. Einige kannte Erik aus Arianes Büchern: Riesen, Hexen, Zwerge, Gnome, Wichtel, ein paar Wesen, die aussahen wie sein Freund mit dem Lendenschurz, Riesenspinnen, Lindwürmer und Greife. Dazwischen flatterten wie helle Farbtupfer zarte Feen.

Ihnen gegenüber stand eine andere Gruppe und Erik wusste all ihre Namen: Hirsche, Dachse, Füchse, Wölfe, Rehe, Feuersalamander, Hasen, Mäuse, Eulen, Spechte, Krähen, Adler – die Tiere des Zauberwaldes. Er ahnte, was die Aufstellung der Wesen da unten bedeutete: Sie waren bereit zur Schlacht!

Als der Drache tiefer flog, erblickte Erik etwas, was seinem Herzen einen Stich gab. Zwischen den beiden Fronten, vollkommen umzingelt, stand ein schwarzes Einhorn. Und auf seinem Rücken saß – Ariane.

„Da ist sie!“, brüllte er und deutete mit dem Finger. „Da unten. Wir müssen sie holen!“

„Alles klar!“, rief der Drache. „Alle Mann festhalten, Sturzfluuuug.“

Aber auch sie waren entdeckt worden. Kreischend stiegen zwei Dutzend Greife in die Luft. Zeitgleich schwangen sich alle Waldvögel in die Höhe. Der Drache musste einem nach dem anderen ausweichen. Dennoch verlor er sein Ziel nicht aus den Augen, bis –

„Samuel!“, brüllte der Drache. „Ich glaub’s nicht! Er lebt! Alter Kumpel, hab ich dich doch nicht erwischt! Na, is das nich ein Glück! Herrje aber auch. Er lebt!“

Damit schwenkte der Drache ganz leicht vom Kurs ab und hielt nun auf einen Punkt zu, der neben Ariane und ihrem Einhorn lag.

„Nein! Obligo, was machst du denn?“, brüllte Knaster. „Das Mädchen, das Mädchen! Greif sie dir und dann nichts wie weg! Hörst du nicht? Es wird gleich Krieg geben da unten!“

„Ich krieg sie beide auf einmal“, tönte er. „Nur keine Sorge … So eine Überraschung aber auch! Muss den alten Biber unbedingt begrüßen! Saaamiiii!“

Unten auf der Erde starrte der Maulwurf hingegen vollkommen verständnislos in den Nachthimmel.

„Was ist denn das da?“, fragte er den Dachs neben sich.

Sie standen beide in vorderster Front und ganz dicht bei dem Einhorn. Jetzt blickte Bertram endlich nach oben.

„Ein Drache!", röhrte der Dachs. „Rette sich, wer kann!" Er warf sich zur Seite und verlor dabei seinen Zylinder. Doch seinen Spazierstock umklammerte er weiterhin fest.

Panisch flüchteten einige Tiere unter die Weiden und in den Wald. Die Zauberwesen duckten sich. Einzig der Maulwurf Samuel tapste ziellos umher. Blind tastete er nach einem Versteck – und fand es zwischen den Beinen des Einhornhengstes.

Der Drache fuhr die Krallen aus. Gleich war er nahe genug, um Ariane und Samuel zu fassen. Da löste sich etwas Langes, Dunkles aus Arianes Locken. Es zuckte hervor und biss dem Drachen in den schutzlosen Bauch. Eine Schlange! Es fiel ihm ein, als er vor Schreck an seinem Ziel schon vorbeigeflogen war. Er kannte diese Schlange! Es war das Luder, das bei der Wölfin lebte. Jeder wusste, dass sie giftig war. Tödlich. Auch für Zauberwesen.

Obligo riss sich zusammen. Er zwang sich, ruhig zu bleiben, flog eine Schleife und landete neben dem Einhorn am Ufer des Sees. Dann senkte er den Kopf und fing den Jungen auf, bevor der herunterrutschte. Sanft setzte er ihn auf dem Boden ab. Schon fühlte er, wie das Gift sich in seinem Körper ausbreitete. Gleich würde es sein Herz erreichen.

„Upsi“, sagte der Drache und seine Stimme dröhnte in der Stille. „’s hat mich wohl erwischt. Macht’s gut.“ Er fasste sich an die Stelle, an der die Schlange ihn gebissen hatte. Seine Bewegungen waren langsam. Wäre er klein gewesen, er wäre sofort tot umgefallen. Aber er war groß und zäh. So konnte er noch einmal den Kopf heben, während er sich mit dem Schweif abstützte. Er blickte Ariane an und sah, dass Tränen über die Wangen des Mädchens flossen. „Tut mir leid“, sagte er. „War wohl doch dumm, das mit den Schuppen …“ Sein Schwanz knickte ein und er fiel rückwärts in den See.

Die Segelboote der Elfen am Ufer gerieten heftig ins Wanken. Die Zauberwesen reckten neugierig die Hälse. Und die Waldtiere kamen vorsichtig aus ihren Verstecken. Die Greife und die Vögel landeten. Es war vollkommen leise. „Nein!“, zerriss Arianes Schrei die Stille. „Er war doch mein Freund! Warum hast du das getan, Lukretia?“

Doch die Schlange blieb ungerührt. „Für mich hat’sss wie ein Angriff ausssgesssehen.“ Sie hob ihren Kopf über Arianes und blickte alle ringsum an. „Keiner kommt näher“, zischte sie. „Keiner kriegt dasss Mädchen. Da beissse ich sssie vorher ssselber.“

Die Entscheidung

„Das tust du nicht!“, brüllte Erik.

Er rannte auf das Einhorn zu und kramte dabei in dem Rucksack auf seiner Brust. Atemlos zog er ein Glas hervor. Im Mondschein konnten die, die am nächsten waren, die Elfe sehen.

„Ich hab Musella hier. Ich lass sie frei. Nur lasst bitte meine Schwester gehen!“

„Erik!“, rief Ariane.

Sie sah aus, als würde sie am liebsten vom Einhorn springen, aber dann fiel ihr Blick auf die Schlange, und sie schien unsicher zu werden.

„Ich bitte euch um Vergebung!“, rief der Junge. „Ich wollte die Fee nicht gefangen halten, es war ein Versehen. Ich lasse sie frei. Versprecht mir nur, dass meine Schwester und ich wieder nach Hause dürfen.“

Die versammelten Kreaturen wurden unruhig. Alle murmelten durcheinander.

„Versprochen“, sagte plötzlich eine klare Stimme.

Die Menge teilte sich und ein weißhaariger Junge kam auf Erik zu.

„Ich, Leandro, König der Elfen, gebe dir mein Wort, Menschenjunge." Er trat in den Kreis, der sich um Ariane, Erik und das Einhorn gebildet hatte.

„Großartig", meldete sich der Einhornhengst. „Kann ich dann bitte gehen?"

Ariane zögerte einen Moment und blickte die Schlange fragend an. Lukretia nickte, woraufhin Ariane auf den Boden glitt. „Ich denke, wir hätten sowieso nicht flüchten können", sagte sie.

„Es war ein tapferer Versuch", meinte der Hengst freundlich. „Und wie du die Sache mit dem Horn rausgefunden hast, ist mir ein Rätsel."

„Mir hat sie ins Ohr gepustet", rief eine Nixe vom Ufer her. „Als ich sie zum Wasserpalast bringen wollte. Keine Ahnung, wo sie das herhatte."

Ariane lächelte unter Tränen. „Hat mir ein Freund verraten", flüsterte sie und blickte auf das ruhige Wasser, das ihn verschluckt hatte.

„Lässt du jetzt bitte unsere Schwester frei?" Eine Fee in einem gelben Kleidchen schwebte zu ihnen.

„Moment!", rief Erik. „Erst will ich es auch von den anderen hören." Er wandte sich an die Waldtiere.

„Ja, allerdings!", rief Theodor aus dem Rucksack.

Auffordernd funkelte er den Dachs an. „Versprich, dass ihr sie gehen lasst."

„Nicht so schnell!", knurrte Bertram. Er hatte seinen Zylinder mittlerweile wieder auf dem Kopf. „Erst mal müssen die", er deutete mit seinem Spazierstock auf die Zauberwesen, „uns etwas versprechen. Sie sollen sich aus unserem Wald –"

„Eurem Wald?", rief Leandro. „Seit wann gehört der Wald denn irgendwem?"

„Seitdem ihr immer mehr werdet und wir immer weniger!", brüllte der Dachs zurück. „Seitdem es mehr Fantastische unter den Blättern und zwischen den Stämmen gibt als –"

„Schau dich doch mal um!", rief König Leandro. „Soweit ich sehen kann, sind die Zahlen ausgeglichen, oder nicht?"

„Ihr nehmt uns unsere Lieblingsplätze weg!", tobte der Dachs, ohne zuzuhören. „Wie viele Waldtiere leben denn auf eurer Insel?"

„Auf der Insel gibt es keinen Wald", sagte der Elf ruhig. „Und doch waren oft Waldtiere zu Besuch. Warum das aufgehört hat, weiß ich nicht, aber ich denke, es lag an … Neid."

Der Dachs plusterte sich auf. „Neid?“, schrie er. „Ich soll neidisch sein auf dich? Ich? Der Vorsitzende aller Waldtiere?“

Jetzt murrten einige Tiere hinter ihm missmutig.

„Allerdings“, rief der Elf. „Du warst neidisch, weil ich zaubern kann und du nicht. Deshalb bist du gegangen und hast mich nicht mehr besucht.“

„Du kannst zaubern?“, höhnte der Dachs. „Das wär mir aber neu. Früher hast du dich nicht mal lang genug konzentrieren können, um –“

„Aufhören!“, brüllte Knaster.

Er sprang aus Eriks Rucksack und Theodor folgte seinem Beispiel.

„Es reicht!“, rief Knaster. „Wir wissen, dass ihr mal Freunde wart. Genau wie wir. Früher waren die Fantastischen und die Waldtiere keine Feinde. Und heute … seht euch nur an.“ Er blickte sich um. „Steht hier bereit zum Kampf! Und habt Menschen reingezogen. Kinder in Gefahr gebracht! Ist das der Zauber im Zauberwald?“, rief Knaster. „Da pfeif ich doch drauf!“

„Und ich auch!“, rief Theodor. „Ist doch völlig egal, wer zaubern kann und wer nicht! ’s gibt genug Leute, die können’s nicht und haben trotzdem mehr

Magie im Leib als alle Elfen und Feen zusammen.“ Er blickte seinen Freund an.

„Und Hasenfüße, die den fantastischsten Mut haben“, sagte Knaster lächelnd.

„Und jetzt sollt ihr mal sehen, was wir von eurem Zauber halten!“, rief der Hase. Sein Kopf fuhr in das kleine Bündel des Kobolds. Als er wieder auftauchte, hatte er etwas zwischen den Zähnen. Er hielt nur kurz inne und ließ dann seine Kiefer schnell hintereinander zuschnappen.

Knack!

„Mein Zauberzweig!“, rief der Elfenkönig.

Er stürzte auf Theodor und Knaster zu und ging vor ihnen in die Knie, um die beiden Teile des Zweiges aufzuheben. „Nein! Bei den magischen Quellen! Ihr habt alles zerstört!“ Er blickte verzweifelt auf. „Meine Zauberei. Alles vorüber. Nie wieder werde ich –“

Mitten in die entsetzte Stille um den See ertönte ein gurgelndes, glucksendes Geräusch. Und dann platzte der Dachs plötzlich laut heraus.

„Hohoho, hihi, hahahahaha!“ Bertram hielt sich vor Lachen den Bauch.

„Hör auf“, knurrte Leandro. „Ich brauche keinen Zauber, um dich zu erwürgen.“

Er stand auf und trat auf den Dachs zu, der so kicherte, dass er auf den Rücken fiel. Tränen liefen über sein schwarzweißes Gesicht.

„Z-zauberzweig. Hohoho, das ist guuut. Das ist sooo guuuut. Hihihi."

Der Hase und der Kobold blickten sich gegenseitig an, dann Erik und Ariane. Die beiden Kinder standen nebeneinander und hatten sich an den Händen gefasst.

„Du verdammter –", setzte der Elf an.

„Hier hast du einen neuen Zauberzweig!", rief der Dachs, als er wieder Luft bekam. Er rappelte sich auf und reichte dem Elf seinen Spazierstock.

Verwirrt griff der danach. „Machst du dich über mich lustig?", fragte er.

„Ja. Nein." Der Dachs schüttelte den Kopf. „Dieser Stock ist genauso gut wie der kaputte. Er stammt auch von der großen Weide auf der Lichtung. Und in ihm steckt ebenso viel Magie wie in deinem alten Zweig."

„Ich … von einer gewöhnlichen Weide im Wald?", fragte der Elf und wieder tuschelte die Menge aufgeregt. „Aber wie konnte er dann meine Magie bündeln?"

Der Dachs atmete tief ein und blickte seinen Freund aus Kindertagen an. „Na, du hattest doch immer diese Probleme, dich zu konzentrieren. Da hab ich mir gedacht, du brauchst ein bisschen Unterstützung. Also hab ich dir den Ast gegeben. Und hab dir gesagt, es sei …“

„… ein Zauberzweig, der in der Welt der Menschen und in der Zauberwelt die gleiche Macht besitzt“, fuhr der Elf fort. Er wandte sich an Ariane und Erik. „Ihr habt Weiden?“ Beide nickten und langsam breitete sich ein Lächeln auf dem Gesicht des Elfen aus, als er begriff, was der Dachs meinte. „Weiden haben gar keine Macht, oder?“

„Doch“, sagte der Dachs. „Sie halten die Sonnenstrahlen ab, die Regentropfen, die Schneeflocken und den Wind. Sie behüten jeden, der unter ihren Blättern Schutz sucht.“

Der Elf betrachtete staunend den zerbrochenen Zweig. „Dann hat er nie funktioniert.“

„Natürlich hat er das, Dummkopf“, sagte Bertram. „Er hat dir geholfen, deine Gedanken zu sammeln und an dich zu glauben. Aber es war alles in dir. Wie du mir netterweise immer wieder unter die Nase gerieben hast.“

Leandro senkte schuldbewusst den Kopf.

„Ich war böse, weil du dir jeden Zauberspruch so leicht merken konntest. Immer hattest du Ratschläge. Immer ist dir alles gelungen. Und doch warst du frei. Du konntest gehen, wohin du wolltest. Ich war auf dieser blöden Insel gefangen, denn ich sollte König werden."

Der Dachs blinzelte verdutzt. „Deshalb also", murmelte er. „Ich war blinder als Samuel."

„Vielleicht ... vielleicht könnten wir ..."

„... wieder Freunde sein?", meinte der Dachs.

„Nun umarmt euch schon!", rief Knaster, aber Theodor war bereits hinter den Dachs gehoppelt und schlug mit den Hinterpfoten aus. Bertram taumelte nach vorne und dem Elf in die Arme.

„D-dann kämpfen wir nicht?", fragte Samuel und wandte sich verwirrt an die Gestalten um sich herum.

„Nein", erklärte Bertram über Leandros Schulter. „Tun wir nicht."

Musella pochte gegen das Glas. „Würdest du dann freundlicherweise ...?"

„Natürlich." Erik ließ Arianes Hand los und drehte den Deckel des Einmachglases auf. Sofort flatterte die Fee heraus.

„Verdammter blöder Bengel!", schimpfte sie. „Da tut man was Gutes, will jemanden inspirieren und verbringt die nächsten Ewigkeiten in Gefangenschaft, kriegt keinen Honig und …"

Doch Morgenröte fiel Musella um den Hals und zog sie mit sich zu den anderen Feen, die sie an den Händen nahmen und im Kreis tanzten.

Die Greife breiteten zeitgleich die Schwingen aus und flogen über den See davon. Offenbar hatte König Leandro ihnen eine Nachricht geschickt.

Der Elf wandte sich an Erik und Ariane. „Der alte Zauber ist gebrochen. Ein neuer wirkt. Eure Eltern glauben, ihr würdet friedlich in euren Betten schlafen. Die Tage vergehen bei euch anders als bei uns. Wenn ihr zurückkommt, werdet ihr nie fort gewesen sein."

„Guter Zauber", meinte Bertram und der Elfenkönig grinste und wurde rot.

„Muss an deinem Spazierstock liegen."

Sie lächelten einander zu.

Um sie herum wurde es lauter und lauter. Zunächst zaghaft, doch dann immer stürmischer begrüßten Waldtiere und Zauberwesen einander. Überall waren Rufe der Wiedersehensfreude zu hören. Der Tumult wurde nur vom Jubel einer Hasenfamilie übertönt. Eine ganze Schar kam auf Theodor zugehoppelt, allen voran eine alte Häsin. Jauchzend warf sie ihn um und leckte ihm das Fell.

„Mama, nicht! Alle können uns sehen. Nicht. Hihi. Bitte, hör auf, das ist mir peinlich." Das war wohl das Stichwort für seine Geschwister, um auch mitzumachen.

Knasters Eltern kamen ebenfalls auf ihren Sohn zu und blickten ihn an. Dann schlossen sie die Augen, drehten sich um und liefen eiligst in die andere Richtung davon.

„Liebe Güte", druckste Knaster gerührt. „Hätte nie gedacht, dass sie mich so sehr vermisst haben."

„Äh … hallo?", rief plötzlich eine helle Mädchenstimme in den Versöhnungslärm. „Ist ja schön, dass ihr alle so fröhlich seid, aber mir ist nicht nach feiern zumute. Mein Bruder und ich wollen nach Hause. Ein Freund von mir ist gerade gestorben, falls das keinem aufgefallen ist. Und eine Freundin hat ihn getötet. Ich –"

„Nichtsssss habe ich", zischte Lukretia beleidigt. „Hör blosss auf, mich ssso anzssusssehen."

„Aber du hast ihn doch gebissen und er –“

„Na und? Ich bin nicht tödlich“, gab die Schlange unwillig zu. „Ich bin noch nicht mal giftig. Kann froh sssein, dasss ich überhaupt Zssähne hab. Keine Ahnung, wasss den riesssigen Weichling umgehauen hat, aber ich war'sss nicht.“

„Du hast mir doch selbst gesagt, dass dein Gift für jeden tödlich ist.“

„Und ich habe dir gesagt, du sollst nicht alles glauben, was sie sagt“, rügte eine sanfte Stimme. Elvira trat aus der Menge auf Ariane zu. „Menschen! So große Ohren, aber hören niemals richtig zu.“

Ariane fiel ihr um den Hals. Dann ließ sie die Wölfin los und richtete sich auf. „Heißt das … Obligo …?“ Sie wandte sich dem See zu und rief: „Oooobligooo! Ich rufe dich bei deinem Namen! Komm zu mir! Es gibt was zu *fressen*!“

Einen Moment lang passierte nichts. Doch dann schoss eine gewaltige Wasserfontäne in die Luft und in ihrer Mitte, glitzernd und strahlend – der Drache.

Er stieg in Spiralen in den Nachthimmel auf, flog um die Türme des Palastes, raste im Sturzflug auf das Mädchen zu, um im letzten Augenblick wieder die Flügel auszubreiten und sanft wie eine

Feder vor Ariane zu landen. Langsam beugte er den Hals und legte den Kopf auf den Boden.

„Du hast mich gerufen? Hehe. Bin froh, dass du's gemacht hast. Ich war nämlich tot, weißt du? Und das ist nicht lustig. War verdammt langweilig. Alles schwarz und kalt und still. Aber jetzt bin ich wieder am Leben." Er rollte mit den Augen, um alles überblicken zu können. „Tut mir nur leid, dass ich die Schlacht verpasst habe. Wer hat gewonnen? Nein, warte, sag's mir nicht. Erzähl's mir, während ich euch zwei nach Hause fliege. War bestimmt spannend, oder?"

Wie im Bilderbuch

Ariane schlug die Augen auf. Sie konnte sich nicht erinnern, wann sie das letzte Mal so gut geschlafen hatte. Und noch nie hatte sie so viel geträumt. Wahrscheinlich war es genug für ein ganzes Leben. Gähnend rieb sie sich die Augen und tastete nach Doktor Wurm. Dann fiel ihr ein, dass Erik ihn ihr geklaut hatte. Sie setzte sich auf und bemerkte verwirrt, dass auch ihr Kopfkissen weg war. Und dann kam alles auf einen Schlag wieder.

Blitzschnell sprang sie aus dem Bett und schaute aus dem Fenster. Es war offen und als Ariane die Vorhänge zur Seite zog, sah sie den bewölkten Himmel. Sie betrachtete die hellgrauen Wolken. Sie nahmen immer neue Formen an. Eine wurde zu einem Koboldgesicht. Eine andere ließ sich plötzlich lange Hasenohren wachsen. Eine dritte war ganz eindeutig ein Drache und die vierte sah aus wie Feuer, das aus seinem Maul schoss.

Lachend winkte Ariane den Wolkenwesen zu und schlich sich aus ihrem Zimmer und zu dem am Ende des Flurs. Es war noch sehr früh und sie wollte Erik nicht wecken. Nur kurz reinschau-

en, ob er wirklich da war. Erik. Ihr Retter. Ihr großer, mutiger Bruder. Gestern Nacht, auf dem Rücken des Drachen, hatten sie sich über all das unterhalten, worüber sie in den Monaten zuvor nie geredet hatten. Und geweint. Vor Rührung hatte selbst der Drache herzzerreißend geschluchzt, so sehr, dass er sie beinahe fallen gelassen hätte. Aber sie waren heil nach Hause gekommen. Oder war das etwa ein Traum gewesen? Ariane musste sich davon überzeugen.

Also machte sie die Tür zu Eriks Zimmer einen Spaltbreit auf. Erik lag auf dem Bauch und umklammerte dabei fest sein Kissen. Unter dem Bett stapelten sich Arianes Märchenbücher. Sie grinste. Ein Buch mit ganz vielen bunten Feen auf dem Umschlag lugte hervor. In der Mitte schwebte eine Fee, die genau wie Musella aussah. Offenbar hatte die Fee nicht nur Arianes Mutter besucht.

Zufrieden zog Ariane die Tür wieder zu. Sie beschloss, sich erst mal Frühstück zu machen. Es war lange her, seit sie etwas anderes als Kräuter, Wurzeln, Pilze oder Beeren gegessen hatte.

Leise tappte sie über den Flur.

Als sie in die Küche kam, fiel ihr

ein, was sie auch schon lange nicht mehr getan hatte. Am Küchentisch saß ihre Mama, in der linken Hand eine Tasse Kaffee, in der rechten ein Bleistift, und zeichnete. Jauchzend lief Ariane auf sie zu und stürzte sich in ihre Arme.

„Guten Morgen", flüsterte Linda und drückte den Kopf ihrer Tochter an sich. Sie schnupperte an Arianes Haaren. „Du duftest wie ein Frühlingswald. Hast du schon geduscht?"

Aber Ariane antwortete nicht. Weinend presste sie ihr Gesicht gegen den Morgenmantel ihrer Mama und wollte sie gar nicht mehr loslassen.

„Hat Erik dir wieder Doktor Wurm weggenommen?", fragte ihre Mutter. „Kannst du deshalb nicht mehr schlafen? Ich werde mit ihm reden. So geht das nicht weiter. Wenn er nicht lernen kann –"

„Nein, nein, das ist es nicht", schluchzte Ariane. „Erik ist ein ganz toller großer Bruder, wirklich."

„Was?" Linda nahm Arianes Kinn in die Hand und hielt ihr Gesicht so, dass sie ihrer Tochter in die Augen sehen konnte. „Wovon sprichst du bitte? Ihr streitet euch wie die Kesselflicker. Joachim und ich sind schon ganz verzweifelt. Ich denke, wir müssen –"

„Nein, gar nichts müsst ihr, ehrlich nicht",

sagte Ariane. „Erik und ich haben miteinander geredet. Es ist alles gut zwischen uns. Er hat uns beide lieb, wirklich! Er hat nur Angst gehabt, dass ihr euch wieder trennt, Joachim und du. Und weil wir keine richtigen Geschwister sind, also nicht wirklich verwandt, würde er uns nie wiedersehen. Und dann würde er uns vermissen wie seine Mutter."

Linda kriegte den Mund kaum zu vor Staunen. „Das hat er dir erzählt?"

Ariane nickte.

„Dann versteht ihr euch jetzt also?"

„Wir sind ein Herz und eine Seele", rief Erik gut gelaunt. Mit strubbeligen Haaren stand er in der Tür. Er patschte barfuß zu ihnen und gab erst Ariane und dann Linda einen Kuss auf die Wange.

Linda verschüttete vor Schreck etwas von ihrem Kaffee. Schnell hob sie den Block auf, der vor ihr auf dem Küchentisch lag und wollte ihn in Sicherheit bringen.

„Was ist das denn?", fragte Ariane neugierig.

„Nichts weiter", sagte ihre Mutter. „Nur Skizzen. Wollt ihr frühstücken?"

„Das sind Zeichnungen, oder?", fragte Erik. „Dürfen wir sie sehen, bitte?"

„Es ist nur verrücktes Zeug drauf", winkte Linda

ab. Sie stand auf und fuhr sich mit der Hand über die Stirn, wie sie es immer tat, wenn sie verlegen war.

„Bitte, Mama“, bettelte Ariane.

„Na schön. Aber es ist wirklich nichts Ernsthaftes. Ich konnte nicht mehr schlafen, und da … na ja …“

Ariane schlug den Block auf und erblickte als Erstes ihr eigenes Porträt. Auf der Bleistiftskizze sah man ihren Kopf und ihren Oberkörper. Ein paar Feen schwebten um sie herum und hielten Locken oder Zöpfe in beiden Händen.

Mit großen Augen blickte Ariane Erik an. Der nickte ihr aufmunternd zu, also blätterte sie um. Es war alles da.

Jeder wichtige Augenblick ihrer Reise war hier auf diesem Papier. Ihre Mutter hatte alles mit dem Bleistift festgehalten. Es sah genau so aus, wie es im Zauberwald gewesen war. Als wäre ihre Mutter dabei gewesen.

„Woher … woher hast du diese Bilder?“, fragte Ariane atemlos.

„Geträumt“, sagte ihre Mutter verschlafen. „Heute Nacht habe ich so viel geträumt, das reicht für ein ganzes Leben. So lebendig – fast eine Geschichte. Also dachte ich, ich kritzle mal ein paar Sachen in meinen Block. Sie sind –“

„Perfekt“, sagte Erik.

Dann wandte er sich einem Bild zu, auf dem Zauberwesen und Waldtiere einander gegenüberstanden. In der Mitte saß Ariane auf einem Einhorn, während Erik auf einem Drachen durch die Luft auf sie zuraste. Vor der Brust trug er einen Rucksack, aus dem zwei Köpfe schauten.

„Wolltest du die Bilder auch anmalen?“, fragte Erik.

„Sie kolorieren?“, fragte ihre Mutter. „Hm. Mal sehen. Ich habe zurzeit so viele Aufträge. Vielleicht irgendwann mal.“

„Aber das musst du“, rief Ariane. „Du musst die Bilder einem Buchverlag zeigen.“

„Was gibt’s denn hier für ein Geschrei?“

Joachim schlurfte in Schlafanzug, Morgenmantel und Pantoffeln in die Küche. „Steht ihr jetzt schon früher auf, damit ihr länger streiten könnt?“

„Wir streiten nicht“, sagte Erik.

„Wir sagen meiner Mama, dass sie ihre Zeichnungen einem Verlag zeigen muss“, fügte Ariane hinzu.

„Ihr zwei seid einer Meinung?“, brummte Joachim und schenkte sich eine Tasse Kaffee ein. „Da wäre ich auch misstrauisch.“

„Aber … ich kann meinen Verlagen nicht einfach die Bilder schicken. Nicht ohne Auftrag“, sagte Linda verlegen. „Nicht … ohne eine Geschichte.“

Erik und Ariane blickten einander an und lächelten.

„Vielleicht haben wir ja eine Idee“, sagte Ariane geheimnisvoll.

„Oh ja, gemeinsam fällt uns bestimmt eine Geschichte ein“, meinte Erik.

Joachim drehte sich mit offenem Mund zu den beiden Kindern um. „Gemeinsam?“, fragte er. „Was zum …“

„Sie sind über Nacht ein Herz und eine Seele geworden“, meinte Linda. „Frag nicht weiter. Nimm es an und danke dem Zauberer, der seine Finger im Spiel hatte.“

„Fein“, sagte Joachim. „Mir ist’s recht. Na, dann hole ich mal Brötchen für ein trautes Familienfrühstück, nicht?“ Er schlurfte aus der Küche. „Bis gleich!“

„Übrigens“, sagte Erik und drehte eine der Skizzen Linda und Ariane zu. „Das würde ich vorne auf das Buch draufmachen. Das finde ich am besten.“

Auf dem Bild waren ein Drache und Ariane mit einem Kopfkissen im Arm zu sehen. Sie sahen zwar nicht aus wie Freunde, aber auch nicht wie Feinde. Alles schien offen, als wäre es der Anfang einer Geschichte. Eingerahmt wurde das Bild von einer Dornenhecke. Alles wirkte wie verzaubert.

„Und wie würdest du das Buch nennen?“, fragte Ariane.

„Das müsstest du besser wissen. Immerhin kennst du die ganze Geschichte und ich nur Teile davon“, antwortete er augenzwinkernd.

„Wie klingt *Der Zauberfluch des Elfenkönigs*?“

„Großartig. Aufregend, spannend, packend. Genau richtig.“

Lindas Mutter setzte sich wieder an den Tisch und klappte den Block zu. „Ihr seid völlig verrückt. Alle beide. So, und jetzt decken wir den Frühstückstisch. Ihr könnt ja schon mal ins Bad gehen."

„Einen Moment noch", sagte Erik auf dem Flur zu Ariane. „Ich will dir noch schnell was geben. Ich bring's in dein Zimmer."

Eine Minute später drückte er seiner Schwester ihre Märchenbücher in die Hände. „Tut mir leid, dass ich dir die weggenommen habe", sagte er. „Und hier ist auch Doktor Wurm. Ich … ich war echt doof." Er setzte sich aufs Bett, während Ariane die Bücher ins Regal stellte.

„Dafür hast du mich aus dem Zauberwald gerettet", sagte sie. „Ich glaube, wir sind quitt." Sie lächelte ihn an. „Du kannst Doktor Wurm übrigens noch eine Weile behalten. Er hilft beim Einschlafen."

„Ehrlich? Und warum brauchst du ihn nicht?"

Ariane strahlte ihn an. „Ich hab jemanden, der noch besser ist."

Etwas Glattes schob sich unter der Bettdecke hervor und kroch zwischen Eriks Schulter und seinen Hals. Er kreischte und fasste danach. Doch Lukretia entwand sich geschickt seinem Griff und glitt über

seinen Oberkörper. In Eriks Armen rollte sie sich zusammen und hob den Kopf, um ihm ins Gesicht zu schauen.

„Bist du bescheuert, Ariane?“, fragte Erik. „Wie willst du das denn erklären?“

„Reg dich ab, Junge“, zischte die Schlange vergnügt. „Bin nur zsssu Besssuch. Knassster und Theodor sssind alsss Nächsssste dran. Obligo bringt unsss und holt unsss ab. Und euch, wann immer ihr wollt.“

Erik blickte zu Ariane auf und zog eine Augenbraue hoch. „Na“, seufzte er. „Das ist ja fantastisch.“

„Auch“, sagte Ariane und grinste zufrieden. „Aber nicht nur.“

ENDE

DANKE

Ich habe die Fäden dieser Geschichte nicht allein gesponnen und zu einem Buch verwoben. Darum …

vielen Dank an Anna Taube, die mich in den Zauberwald geschickt und dafür gesorgt hat, dass ich nicht die Fährte verloren habe.

… Dank an Katja Richert, die sich wieder als echte sister erwiesen hat und mir die Zeit ließ, die ich brauchte.

… Dank an Bob de Groot, der für mich die Fee gefangen hat.

… an meine Mutter, die mir erklärt hat, wozu man Zauberzweige braucht, und aus tiefstem Herzen meinem Vater, der in der Zwischenzeit mein neues Zuhause gebaut hat.

… danke an meine Agentin Silke Weniger und ihr Team, die mir Deckung gaben, als der Regen von allen Seiten kam.

… vielen Dank meiner Freundin Evelyn, die bereit ist, mich zu fangen, ob ich fliege oder falle.

… an Marlene, die mich auch dann versteht, wenn ich nichts sage.

… und nicht zuletzt Dank an sieben neue Menschenkinder (und ihre Eltern) für ihre Ankunft: Alexandre, Marit, Merlin, Momo, Nelson, Oscar und Rufus. Irgendwann lese ich euch diese Geschichte vor …

Vanessa Walder wurde 1978 in Heidelberg geboren, studierte in Wien einige Semester Jura und veröffentlichte mit neunzehn bereits erste Kurzgeschichten. Sie arbeitete einige Jahre als Journalistin und lebt seit 2001 als freie Schriftstellerin in Wien. Im Loewe-Verlag erscheint neben zahlreichen Erstlesebüchern vor allem die Serie „sisters". Ihre Bücher wurden bisher in siebzehn Sprachen übersetzt.